⼘尺丹几乙し丹⼘と
Translated Language Learning

Les Aventures d'Alice au Pays des Merveilles

Las Aventuras de Alicia en el País de las Maravillas

Lewis Carroll

Français / Español

Dans le Terrier du Lapin
Por la madriguera del conejo

Alice commençait à être très fatiguée
Alicia empezaba a cansarse mucho
Elle était assise à côté de sa sœur sur le talus d'herbe
Estaba sentada junto a su hermana en el banco de hierba
Mais elle n'avait rien à faire
Pero ella no tenía nada que hacer
Sa sœur lisait un livre
Su hermana estaba leyendo un libro
une ou deux fois, Alice jeta un coup d'œil dans le livre
una o dos veces Alicia echó un vistazo al libro
Mais le livre ne contenait ni images ni conversations
Pero el libro no contenía imágenes ni conversaciones
« À quoi sert un livre sans images ? » pensa Alice
«¿De qué sirve un libro sin imágenes?», pensó Alicia
« Pourquoi un livre n'aurait-il pas de conversations ? »
"¿Por qué un libro no tendría conversaciones?"
Mais elle avait d'autres choses à considérer
Pero tenía otras cosas que considerar

« **Faire une chaîne de marguerites serait un plaisir** »
"Hacer una cadena de margaritas sería un placer"
« **Mais cela vaut-il la peine de se lever et de cueillir les marguerites ?? »**
"¿Pero vale la pena el esfuerzo de levantarse y recoger las margaritas?"
Ce n'était pas si facile d'y penser
No era tan fácil pensar en esto
parce que la journée la rendait somnolente et stupide
porque el día la estaba haciendo sentir somnolienta y estúpida
Mais soudain, ses pensées s'interrompirent
Pero de repente sus pensamientos se vieron interrumpidos
un lapin blanc aux yeux roses courait près d'elle
un conejo blanco de ojos rosados corrió cerca de ella

Il n'y avait rien de trop remarquable chez le lapin
No había nada demasiado notable en el conejo
et Alice ne trouvait pas non plus le lapin remarquable
y Alicia tampoco pensó que el conejo fuera notable

elle ne s'étonna pas non plus quand le Lapin parla
ni le extrañó que el Conejo hablara
« Oh mon Dieu ! Je serai trop tard ! se dit-il
"¡Oh, Dios mío! ¡Llegaré demasiado tarde!", se dijo a sí mismo
mais alors le Lapin a fait quelque chose que les lapins n'ont pas fait
pero entonces el Conejo hizo algo que los conejos no hacían
le Lapin tira une montre de la poche de son gilet
el Conejo sacó un reloj del bolsillo de su chaleco
Il regarda l'heure puis se hâta
Miró la hora y luego se apresuró a seguir adelante
Alice se leva, stupéfaite
Alicia se puso en pie, asombrada
Elle n'avait jamais vu un lapin avec un gilet auparavant !
¡Nunca antes había visto un conejo con chaleco!
elle n'avait jamais vu non plus de lapin avec une montre !
¡Tampoco había visto nunca un conejo con reloj!
Alice brûlait d'une nouvelle curiosité
Alicia ardía con una nueva curiosidad
et elle courut à travers le champ après le Lapin
y corrió por el campo tras el Conejo
Elle était juste à temps pour voir le lapin disparaître
Llegó justo a tiempo para ver desaparecer al conejo
Le lapin sauta dans un grand terrier de lapin
El conejo saltó a una gran madriguera
Un instant plus tard, Alice s'est mise à courir après le lapin !
¡En otro momento, Alicia bajó detrás del conejo!
Le terrier du lapin continuait tout droit comme un tunnel
La madriguera del conejo seguía recto como un túnel
Et le tunnel a continué à avancer sur une certaine distance
Y el túnel siguió avanzando a cierta distancia
Et puis le chemin s'est soudainement incliné
Y entonces el camino de repente se hundió
Alice n'eut pas un instant pour songer à s'arrêter
Alicia no tuvo ni un momento para pensar en detenerse
Elle s'est retrouvée à tomber et à tomber
Se encontró a sí misma cayendo y abajo y abajo

Il semblait qu'elle était tombée dans un puits très profond
Parecía como si hubiera caído en un pozo muy profundo
Ou le puits était très profond, ou bien elle tombait très lentement
O el pozo era muy profundo, o ella caía muy lentamente
parce qu'elle avait tout le temps de tomber
porque tenía tiempo de sobra para caer
alors qu'elle tombait, elle pouvait regarder tout autour d'elle
Mientras caía, podía mirar a su alrededor
D'abord, elle a essayé de comprendre où elle allait
Primero, trató de averiguar a dónde iba
mais le puits était trop sombre pour voir quoi que ce soit
Pero el pozo estaba demasiado oscuro para ver nada
Puis elle regarda les côtés du puits
Luego miró a los lados del pozo
Et elle remarqua qu'il y avait des placards tout autour d'elle
Y se dio cuenta de que había armarios a su alrededor
et tout autour du puits il y avait des étagères de livres
y alrededor del pozo había estanterías de libros
Çà et là, elle voyait des cartes et des tableaux accrochés à des piquets
Aquí y allá veía mapas y cuadros colgados de perchas
En passant, elle prit un bocal sur l'une des étagères
Al pasar, bajó un frasco de una de las estanterías
Le pot a été étiqueté pour son contenu
El frasco estaba etiquetado por su contenido
« MARMELADE D'ORANGES »
"MERMELADA DE NARANJAS"
Mais, à sa grande déception, le pot de marmelade était vide
Pero, para su gran decepción, el frasco de mermelada estaba vacío
Elle ne voulait pas laisser tomber le pot de marmelade vide
No quería dejar caer el tarro de mermelada vacío
et sa chute fut très lente
y su caída fue muy lenta
Elle a donc réussi à mettre le pot de marmelade dans l'un des placards
placards

Así que se las arregló para poner el frasco de mermelada en
uno de los armarios
Tombée, descendue, tombée !
¡Abajo, abajo, abajo, ella cae!
La chute prendrait-elle fin ?
¿Llegaría alguna vez la caída a su fin?
Il n'y avait rien d'autre à faire
No había nada más que hacer
alors Alice commença bientôt à se parler à elle-même
así que Alicia pronto empezó a hablar consigo misma
« Je vais beaucoup manquer à Dinah ce soir, je pense ! »
—¡Dinah me echará mucho de menos esta noche, creo!
Dinah était le chat d'Alice
Dinah era la gata de Alicia
**« J'espère qu'ils se souviendront de sa soucoupe de lait à
l'heure du thé »**
"Espero que se acuerden de su plato de leche a la hora del té"
« Dinah, ma chère, je voudrais que tu sois ici avec moi ! »
—¡Dinah, querida, desearía que estuvieras aquí abajo
conmigo!
Alice sentit qu'elle s'assoupissait
Alicia sintió que se estaba quedando dormida
Et puis soudain, bruit sourd ! bourrade!
Y de repente, ¡pum! ¡golpe!
Elle tomba sur un tas de bâtons
Cayó sobre un montón de palos
et elle atterrit sur un tas de feuilles sèches
y aterrizó sobre un montón de hojas secas
et enfin la longue chute dans le trou était terminée
Y finalmente la larga caída por el agujero había terminado
Alice n'était pas du tout blessée
Alicia no estaba herida en lo más mínimo
Et elle se leva d'un bond au bout d'un instant
Y se levantó de un salto en un momento
Elle leva les yeux, mais il faisait noir au-dessus de sa tête
Alzó la vista, pero todo estaba oscuro sobre su cabeza
Devant elle se trouvait un autre long couloir

Frente a ella había otro largo pasillo
et le Lapin Blanc était toujours en vue
y el Conejo Blanco seguía a la vista
Il se hâtait dans le couloir
Corría por el pasillo
Il n'y avait pas un instant à perdre
No había un momento que perder
Alice s'enfuit comme le vent
Alicia salió corriendo como el viento
Au coin de la rue, le lapin s'est retourné
A la vuelta de la esquina giró el conejo
Elle était juste à temps pour entendre le lapin
Llegó justo a tiempo para oír al conejo
« "Oh, mes oreilles et mes moustaches »
"Oh, mis orejas y bigotes"
« Comme il est tard ! »
"¡Qué tarde se está haciendo!"
Elle était tout près derrière le lapin
Estaba muy cerca del conejo
Elle tourna au détour d'un autre coin
Dobló otra esquina
mais le Lapin n'était plus visible
pero el Conejo ya no se dejaba ver
Elle se retrouva dans une longue salle basse
Se encontró en un pasillo largo y bajo
La salle était éclairée par une rangée de plafonniers
La sala estaba iluminada por una hilera de lámparas de techo
Il y avait des portes tout autour de la salle
Había puertas por todo el pasillo
mais toutes les portes étaient fermées à clé
pero todas las puertas estaban cerradas con llave
Elle marcha tout le long d'un côté de la salle
Caminó por un lado del pasillo
et elle avait fait tout le chemin de l'autre côté de la salle
Y ella había caminado todo el camino hasta el otro lado de la
sala
Elle avait essayé toutes les portes

Había intentado todas las puertas

et elle marchait tristement au milieu de la salle

Y caminó tristemente por el centro del pasillo

« Comment vais-je jamais en sortir ? »

"¿Cómo voy a volver a salir?"

Tout à coup, elle tomba sur une petite table

De repente se encontró con una mesita

La table était entièrement en verre massif

La mesa estaba hecha completamente de vidrio macizo

Il n'y avait rien sur la table à part une petite clé dorée

No había nada sobre la mesa, excepto una pequeña llave dorada

La clé pourrait appartenir à l'une des portes !

¡La llave podría pertenecer a una de las puertas!

Mais, hélas ! Certaines serrures étaient trop grandes pour les clés

Pero, ¡ay! Algunas de las cerraduras eran demasiado grandes

para las llaves
et pour les autres serrures, la clé était trop petite
y para las otras cerraduras la llave era demasiado pequeña
mais, en tout cas, la clef n'ouvrit aucune des portes
Pero, en cualquier caso, la llave no abrió ninguna de las puertas
Mais que devait-elle faire ?
Pero, ¿qué iba a hacer ella?
Elle traversa de nouveau le couloir
Volvió a atravesar el pasillo
et cette fois, elle remarqua un rideau bas
Y esta vez se fijó en una cortina baja
Derrière le rideau se trouvait une petite porte
Detrás de la cortina había una puertecita
La porte avait une quinzaine de pouces de haut
La puerta tenía unos quince centímetros de alto
Elle essaya la petite clé dorée dans la serrure
Probó la pequeña llave dorada en la cerradura
Et à sa grande joie, la clé s'est glissée dans la serrure !
Y para su gran deleite, ¡la llave encajó en la cerradura!
Alice ouvrit la porte
Alicia abrió la puerta
et elle trouva la porte qui donnait sur un petit couloir
Y encontró que la puerta daba a un pequeño pasillo
Le couloir n'était pas beaucoup plus grand qu'un trou à rats
El corredor no era mucho más grande que una madriguera de ratas
Elle s'agenouilla et regarda le long du couloir
Se arrodilló y miró a lo largo del pasillo
et elle a vu le plus beau jardin que vous ayez jamais vu
Y ella vio el jardín más hermoso que jamás hayas visto
comme elle avait envie de sortir de cette salle sombre
¡Cómo anhelaba salir de ese oscuro salón
comme elle voulait se promener parmi ces fleurs lumineuses
cómo quería vagar entre esas flores brillantes
Comme ces fontaines avaient l'air cool et rafraîchissantes
¡Qué genial se veían esas fuentes

Mais elle ne pouvait même pas passer la tête par la porte
Pero ni siquiera podía meter la cabeza por la puerta
— Oh ! dit Alice d'un ton lugubre
-¡Oh! -exclamó Alicia con tristeza-
comme je voudrais pouvoir me plier comme un télescope !
"¡Cómo desearía poder plegarme como un telescopio!"
« Je pense que je pourrais me plier comme un télescope »
"Creo que podría plegarme como un telescopio"
« Si seulement je savais par où commencer »
"Si supiera cómo empezar"
Alice retourna à la table
Alicia volvió a la mesa
Il y avait la chance de trouver une autre clé
Existía la posibilidad de encontrar otra llave
Ou il pourrait y avoir un livre de règles
O podría haber un libro de reglas
Le livre pourrait lui apprendre à se plier comme un télescope
El libro podría decirle cómo plegarse como un telescopio
Cette fois, elle trouva une petite bouteille
Esta vez encontró una botellita
« cette bouteille n'était certainement pas là auparavant, » dit
Alice
—Esta botella no estaba aquí antes —dijo Alicia—
et autour du goulot de la bouteille était attachée une
étiquette en papier
y atada alrededor del cuello de la botella había una etiqueta de
papel
L'étiquette était magnifiquement imprimée en grandes
lettres
La etiqueta estaba bellamente impresa en letras grandes
« BOIS-MOI »
"BÉBEME"
« Non, je vais regarder d'abord », a-t-elle dit
—No, miraré primero —dijo ella—
« Je vais voir si la bouteille est marquée comme toxique ou
non, »
"Veré si la botella está marcada como venenosa o no"

Parce qu'elle n'a jamais oublié la leçon sur le poison
porque nunca olvidó la lección sobre el veneno
« Si une bouteille est étiquetée comme toxique, elle est forcément en désaccord avec vous »
"Si una botella está etiquetada como venenosa, es probable que no esté de acuerdo contigo"
Cependant, cette bouteille n'a pas été marquée comme toxique
Sin embargo, esta botella no estaba marcada como venenosa
alors Alice se hasarda à goûter le contenu de la bouteille
así que Alicia se aventuró a probar el contenido de la botella
Elle trouva le liquide tout à fait à son goût
Encontró el líquido bastante de su agrado
La boisson avait une sorte de saveur mélangée
La bebida tenía una especie de sabor mezclado
tarte aux cerises, crème pâtissière et ananas
tarta de cerezas, natillas y piña
Rôtir la dinde, le caramel et le pain grillé au beurre chaud
Pavo asado, caramelo y tostadas con mantequilla caliente
et elle finit bientôt la bouteille
Y pronto acabó la botella
« Quelle curieuse sensation ! » dit Alice
-¡Qué sensación tan curiosa! -exclamó Alicia-
« Je me plie comme un télescope ! »
"¡Me estoy pliegando como un telescopio!"
Et elle se repliait comme un télescope !
¡Y se estaba pliegando como un telescopio!
Elle n'avait plus que dix pouces de haut
Ahora solo medía diez pulgadas de alto
et son visage s'éclaira à ses pensées
y su rostro se iluminó con sus pensamientos
Maintenant, elle était de la bonne taille pour la petite porte
Ahora ella tenía el tamaño adecuado para la pequeña puerta
Maintenant, elle pouvait aller dans ce joli jardin
Ahora podía entrar en ese hermoso jardín
Bientôt, elle a cessé de devenir plus petite
Pronto dejó de hacerse más pequeña

Elle décida d'aller tout de suite dans le jardin
Decidió ir al jardín de inmediato
mais, hélas pour la pauvre Alice !
pero, ¡ay de la pobre Alicia!
Elle arriva à la porte
Llegó a la puerta
Mais elle avait oublié la petite clé d'or
Pero había olvidado la pequeña llave de oro
Elle retourna à la table pour prendre la clé
Volvió a la mesa en busca de la llave
Mais elle s'aperçut qu'elle ne pouvait pas atteindre assez haut
Pero se dio cuenta de que no podía llegar lo suficientemente alto
Elle pouvait voir la clé très distinctement à travers la vitre
Podía ver la llave claramente a través del cristal
Elle essaya de grimper sur les pieds de la table
Trató de trepar por las patas de la mesa
Mais le verre était beaucoup trop glissant
Pero el cristal era demasiado resbaladizo
Finalement, elle s'est fatiguée à essayer
Con el tiempo se cansó de intentarlo
et la pauvre petite fille s'assit et pleura
Y la pobre niña se sentó y lloró
Alice se parlait à elle-même assez vivement
Alicia se habló a sí misma con bastante brusquedad
« Allons, ça ne sert à rien de pleurer comme ça ! »
"¡Vamos, no sirve de nada llorar así!"
« Je vous conseille d'arrêter tout de suite ! »
"¡Te aconsejo que te detengas ahora mismo!"
Elle se donnait généralement de très bons conseils
En general, se daba muy buenos consejos
bien qu'elle suivît très rarement ses propres conseils
aunque muy rara vez seguía sus propios consejos
Et elle était parfois trop dure envers elle-même
Y a veces era demasiado dura consigo misma
et ses paroles lui firent monter les larmes aux yeux

y sus palabras hicieron que se le llenaran los ojos de lágrimas

Bientôt, son regard tomba sur une petite boîte en verre

Pronto sus ojos se posaron en una cajita de cristal

La petite boîte de verre était posée sous la table

La cajita de cristal estaba debajo de la mesa

Dans la boîte en verre se trouvait un tout petit gâteau

En la caja de cristal había un pastel muy pequeño

Sur le gâteau, quelques mots étaient magnifiquement écrits

En el pastel, algunas palabras estaban bellamente escritas

les mots avaient été marqués dans des groseilles

Las palabras habían sido marcadas con grosellas

« MANGE-MOI »

"CÓMEME"

« Eh bien, je vais manger le gâteau », dit Alice

—Bueno, me comeré el pastel —dijo Alicia—

« et si le gâteau me fait grossir, je peux atteindre la clé »

"y si el pastel me hace crecer, puedo llegar a la llave"

« et si le gâteau me fait rapetisser, je peux me glisser sous la porte »

"y si el pastel me hace más pequeño, puedo arrastrarme por debajo de la puerta"

« Donc, de toute façon, j'irai dans le jardin »

"así que de cualquier manera me meteré en el jardín"

« Et peu m'importe lequel des deux arrive ! »

"¡Y no me importa cuál de los dos suceda!"

Elle a mangé un peu du gâteau

Se comió un pedacito del pastel

et elle se parla anxieusement à elle-même :

Y se habló a sí misma con ansiedad:

« Dans quel sens ? Dans quel sens ?

—¿De qué manera? ¿Hacia dónde?

et elle posa la main sur sa tête

Y se llevó la mano a la cabeza

Elle voulait sentir de quelle façon elle grandissait

Quería sentir de qué manera estaba creciendo

Elle fut très surprise de découvrir ce qui s'était passé

Se sorprendió bastante al descubrir lo que había sucedido

Elle était restée de la même taille !
¡Había permanecido del mismo tamaño!
Cette fois, elle redoubla donc d'efforts
Así que esta vez redobló sus esfuerzos
Et bientôt, elle termina tout le gâteau
Y pronto terminó todo el pastel

La mare de larmes
El charco de lágrimas

« Cela devient de plus en plus intéressant ! » s'écria Alice

-¡Esto se está poniendo cada vez más interesante! -exclamó Alicia-

Vous pouvez voir qu'elle était très surprise

Se puede ver que estaba muy sorprendida

« Je m'ouvre comme le plus grand télescope qui ait jamais existé ! »

"¡Me estoy abriendo como el telescopio más grande que jamás haya existido!"

« Au revoir, les pieds ! Oh, mes pauvres petits pieds"

—¡Adiós, pies! ¡Oh, mis pobres piecitos!

« Je me demande qui va vous mettre vos chaussures maintenant, mes chères ? »

"Me pregunto quién se pondrá sus zapatos por ustedes ahora, queridos".

et je me demande qui mettra vos bas ?

—¿Y me pregunto quién se pondrá las medias?

« Je serai beaucoup trop loin »

"Estaré demasiado lejos"

« Je ne pourrai plus me soucier de toi »

"No podré preocuparme más por ti"

Juste à ce moment, sa tête heurta quelque chose

Justo en ese momento su cabeza golpeó contra algo

Elle avait atteint le toit de la salle

Había llegado al techo de la sala

En fait, elle mesurait maintenant plus de deux mètres

De hecho, ahora medía más de dos metros de altura

et elle prit aussitôt la petite clef d'or

Y al instante tomó la pequeña llave de oro

et elle se précipita vers la porte du jardin

Y se apresuró a llegar a la puerta del jardín

Pauvre Alice ! Il n'y avait pas grand-chose qu'elle pouvait faire

¡Pobre Alicia! No había mucho que pudiera hacer

Elle s'allongea sur le côté

Se acostó de lado
et elle regarda d'un œil dans le jardin
Y miró al jardín con un ojo
Mais s'en sortir était plus désespéré que jamais
Pero salir adelante era más desesperado que nunca
Elle s'est assise et a recommencé à pleurer
Se sentó y comenzó a llorar de nuevo
Elle a continué à verser des litres de larmes
Siguió derramando galones de lágrimas
Bientôt, il y eut une grande flaque tout autour d'elle
Pronto había un gran estanque a su alrededor
et l'eau atteignait la moitié du couloir
Y el agua llegaba hasta la mitad del pasillo
Au bout d'un moment, elle entendit un petit claquement de pieds
Al cabo de un rato, oyó un pequeño golpeteo de pies
Elle entendit les pas venir de loin
Oyó los pasos que venían de lejos
et elle s'essuya vivement les yeux pour voir ce qui allait arriver
Y se secó los ojos apresuradamente para ver lo que venía
C'était le retour du Lapin Blanc
Era el Conejo Blanco que regresaba
Il était magnifiquement vêtu
Iba espléndidamente vestido
Il avait une paire de gants blancs dans une main
Tenía un par de guantes blancos en una mano
et il avait un grand éventail de plumes dans l'autre main
y tenía un gran abanico de plumas en la otra mano
Il arriva en trottinant en toute hâte
Llegó trotando a toda prisa
et il murmura en lui-même : « Oh ! la duchesse, la duchesse !
y murmuró para sí: "¡Oh! ¡La duquesa, la duquesa!
« Ah ! ne serait-elle pas sauvage si je l'ai fait attendre !
—¡Oh! ¡No será salvaje si la he hecho esperar!

Quand le Lapin s'approcha d'elle, Alice prit la parole
Cuando el Conejo se acercó a ella, Alicia habló
Mais elle parlait d'une voix basse et timide
Pero ella hablaba en voz baja y tímida
« Monsieur, s'il vous plaît, arrêtez ce que vous faites un instant »
"Señor, por favor, deje de hacer lo que está haciendo por un momento"
Le Lapin sursauta violemment
El Conejo se sobresaltó violentamente
Il laissa tomber les gants blancs et l'éventail de plumes
Dejó caer los guantes blancos y el abanico de plumas
et il s'enfuit dans les ténèbres aussi vite qu'il le put
Y se escabulló en la oscuridad lo más rápido que pudo
Alice ramassa l'éventail en plumes et les gants
Alicia recogió el abanico de plumas y los guantes
Et elle n'arrêtait pas de s'éventer tout en parlant
Y no paraba de abanicarse mientras seguía hablando

« Cher, cher ! Comme tout est étrange aujourd'hui !
"¡Querido, querido! ¡Qué extraño es todo hoy!"
« Hier, les choses se sont passées comme d'habitude »
"Ayer las cosas siguieron como siempre"
« Étais-je le même quand je me suis levé ce matin ? »
—¿Era yo el mismo cuando me levanté esta mañana?
« Mais si je ne suis pas le même, il y a une autre question »
"Pero si no soy el mismo, hay otra cuestión"
« Qui suis-je ? »
"¿Quién demonios soy yo?"
« Ah, c'est le grand casse-tête ! »
"¡Ah, ese es el gran rompecabezas!"
En disant cela, elle baissa les yeux sur ses mains
Al decir esto, se miró las manos
Elle portait l'un des petits gants blancs du lapin
Llevaba uno de los Conejos, gusanos blancos
Elle n'avait pas remarqué qu'elle avait mis le gant en parlant
No se había dado cuenta de que se había puesto el guante
mientras hablaba
« Comment ai-je pu faire cela ? » a-t-elle pensé
"¿Cómo pude haber hecho eso?", pensó
« Je dois redevenir petit »
"Debo estar haciéndome pequeño otra vez"
Elle se leva et s'approcha de la table pour mesurer sa taille
Se levantó y se acercó a la mesa para medir su altura
**Elle a découvert qu'elle mesurait maintenant environ un
demi-mètre**
Descubrió que ahora medía aproximadamente medio metro
de altura
et elle rétrécissait encore rapidement
Y ella seguía encogiéndose rápidamente
**Elle découvrit rapidement quelle était la cause de ce
rétrécissement**
Pronto descubrió cuál era la causa del encogimiento
L'éventail de plumes la rendait encore plus petite !
¡El abanico de plumas la estaba haciendo más pequeña de
nuevo!

et elle laissa tomber l'éventail de plumes à la hâte

Y dejó caer el abanico de plumas apresuradamente

Elle laissa tomber l'éventail de plumes juste à temps pour se sauver

Dejó caer el abanico de plumas justo a tiempo para salvarse

Si elle s'était éventée plus longtemps, elle se serait complètement retirée

Si se hubiera abanicado por más tiempo, se habría encogido por completo

« C'était une échappatoire de justesse ! » dit Alice

-¡Ha sido una fuga por los pelos! -dijo Alicia-

et elle fut bien effrayée de ce changement soudain

Y se asustó mucho ante el cambio repentino

mais elle était très heureuse de se trouver encore en existence

pero estaba muy contenta de encontrarse todavía en existencia

« Et maintenant, en route pour le jardin ! »

—¡Y ahora, al jardín!

Et elle courut à toute vitesse vers la petite porte

Y corrió a toda prisa hacia la puertecita

Mais, hélas ! La petite porte fut refermée

Pero, ¡ay! La puertecita se cerró de nuevo

et la petite clé d'or était de nouveau posée sur la table de verre

Y la pequeña llave de oro volvía a estar sobre la mesa de cristal

« Les choses sont pires que jamais », pensa le pauvre enfant

"Las cosas están peor que nunca", pensó el pobre niño

« Je n'ai jamais été aussi petit que ça auparavant, jamais ! »

"Nunca antes había sido tan pequeño como esto, ¡nunca!"

En prononçant ces mots, son pied glissa

Al decir estas palabras, su pie resbaló

et un instant plus tard, il y eut une grande éclaboussure !

¡Y en otro momento hubo un gran chapoteo!

Elle était dans l'eau salée jusqu'au menton

Estaba sumergida en agua salada hasta la barbilla

Sa première idée fut qu'elle était tombée d'une manière ou

d'une autre dans la mer

Su primera idea fue que de alguna manera había caído al mar

Cependant, elle s'est vite rendu compte dans quoi elle se trouvait

Sin embargo, pronto se dio cuenta de en qué estaba metida

Elle était dans une mare de larmes

Estaba en un charco de lágrimas

les larmes qu'elle avait versées quand elle avait deux mètres de haut

las lágrimas que había llorado cuando tenía dos metros de altura

Juste à ce moment-là, elle entendit quelque chose

Justo en ese momento escuchó algo

Quelque chose barbotait dans la mare

Algo chapoteaba en la piscina

Les éclaboussures venaient d'un peu de loin

El chapoteo venía de un poco más lejos

et elle nagea plus près pour voir ce que c'était que les

éclaboussures
Y se acercó nadando para ver qué era el chapoteo
Elle vit bientôt que ce n'était qu'une petite souris
Pronto vio que era solo un ratoncito
La petite souris s'était également glissée dans l'eau
El ratoncito también se había metido en el agua
Alice réfléchit à la situation
Alicia pensó para sí misma sobre la situación
« Serait-il utile de parler à cette souris ? »
—¿Serviría de algo hablar con este ratón?
« Tout est tellement à l'envers ici »
"Aquí todo está tan al revés"
« Je pense que c'est très probable que cette souris peut parler »
"Creo que es muy probable que este ratón pueda hablar"
« En tout cas, il n'y a pas de mal à essayer »
"En cualquier caso, no hay nada de malo en intentarlo"
Alors elle a commencé à essayer de parler à la souris
Así que empezó a tratar de hablar con el ratón
« Oh Souris, sais-tu comment sortir de cette mare ? »
"Oh Ratón, ¿conoces la forma de salir de esta piscina?"
« Je suis bien fatigué de nager ici, ô souris ! »
—¡Estoy muy cansado de nadar por aquí, oh ratón!
La souris la regarda d'un air assez inquisiteur
El ratón la miró con curiosidad
La souris semblait cligner de l'œil avec l'un de ses petits yeux
El ratón parecía guiñar un ojo con uno de sus ojitos
Mais la petite souris ne dit rien
Pero el ratoncito no dijo nada
« Peut-être la souris ne comprend-elle pas l'anglais », pensa Alice
"A lo mejor el ratón no entiende inglés", pensó Alicia
« J'ose dis-le que c'est une souris française »
"Me atrevo a decir que es un ratón francés"
« peut-être que cette souris est venue avec Guillaume le Conquérant »

"tal vez este ratón vino con Guillermo el Conquistador"
Alors elle a recommencé, en français
Así que empezó de nuevo, en francés
« Où est mon chat ? » a-t-elle demandé en français
"¿Dónde está mi gato?", preguntó en francés
c'était la première phrase de son livre de leçons de français
era la primera frase de su libro de clases de francés
La souris fit un saut soudain hors de l'eau
El Ratón dio un súbito salto fuera del agua
et la souris semblait frémir de frayeur
y el ratón pareció temblar de miedo
— Oh ! je vous demande pardon ! s'écria vivement Alice
-¡Oh, le ruego que me perdone! -exclamó Alicia
apresuradamente-
Elle craignait d'avoir blessé les sentiments du pauvre animal
Temía haber herido los sentimientos del pobre animal
« J'oubliais que tu n'aimais pas les chats »
"Olvidé que no te gustaban los gatos"
**« Je n'aime pas les chats ! » cria la Souris d'une voix aiguë et
passionnée**
—¡No me gustan los gatos! —exclamó el ratón con voz
estridente y apasionada—
« Voudrais-tu des chats, si tu étais moi ? »
—¿Te gustaría tener gatos, si fueras yo?
Alice réconforta la souris d'un ton apaisant
Alicia consoló al ratón en un tono tranquilizador
**« Eh bien, peut-être que je n'aimerais pas non plus les chats
si j'étais vous »**
"Bueno, tal vez a mí tampoco me gustarían los gatos si fuera
tú"
**« S'il vous plaît, ne soyez pas en colère à propos de la
mention des chats »**
"Por favor, no te enfades por la mención de los gatos"
**« Et pourtant, j'aimerais pouvoir te montrer notre chat
Dinah »**
"Y, sin embargo, desearía poder mostrarte a nuestra gata
Dinah"

« Si vous la rencontriez, je pense que vous prendriez goût
aux chats »
"Si la conocieras, creo que te encapricharías de los gatos"
« Si seulement vous pouviez la voir »
"Si tan solo pudieras verla"
« Elle est une chose si chère et si calme »
"Es una cosa tan querida y tranquila"
La souris tremblait de partout
El ratón temblaba por todas partes
Alice était certaine que la souris devait être vraiment
offensée
Alicia estaba segura de que el ratón debía de estar realmente
ofendido
« On ne parlera plus d'elle, si tu préfères ne pas le faire »
"No hablaremos más de ella, si prefieres no hacerlo"
« Nous, en effet ! » s'écria la Souris
-¡Nosotros, en efecto! -exclamó el Ratón-
La souris tremblait jusqu'au bout de sa queue
El ratón temblaba hasta la punta de la cola
« Comme si je voulais parler d'un tel sujet ! »
—¡Como si fuera a hablar de un tema así!
« Notre famille a toujours détesté les chats »
"Nuestra familia siempre odió a los gatos"
"Les chats ; des choses méchantes, basses, vulgaires !
"Gatos; ¡Cosas desagradables, bajas, vulgares!"
« Ne me laissez plus entendre le nom ! »
"¡No dejes que vuelva a escuchar el nombre!"
— Je ne parlerai plus des chats, en effet, dit Alice
-¡No volveré a hablar de los gatos! -dijo Alicia-
Elle était très pressée de changer de sujet
Tenía mucha prisa por cambiar de tema
"Êtes-vous... Aimez-vous les chiens ?
"¿Eres tú... ¿Te gustan los perros?
« Il y a un petit chien si gentil près de notre maison, »
"Hay un perrito tan simpático cerca de nuestra casa"
« Je voudrais te montrer le petit chien ! »
—¡Me gustaría enseñarte el perrito!

"Ce petit chien tue tous les rats et...

"Este perrito mata a todas las ratas y...

« Oh ! mon Dieu ! » s'écria Alice d'un ton triste

-¡Oh, querida! -exclamó Alicia en tono triste-

« J'ai peur de t'avoir encore offensé ! »

"¡Me temo que te he ofendido de nuevo!"

La souris nageait loin d'elle aussi vite qu'elle le pouvait

El ratón se alejaba nadando de ella tan rápido como podía

et la souris fit tout un vacarme dans la mare

y el ratón hizo un gran alboroto en la piscina

Alors elle appela doucement la souris

Así que llamó suavemente al ratón

« Ma chère souris, s'il vous plaît, revenez ! »

"¡Mi querido ratón, por favor vuelve!"

« Et nous ne parlerons pas des chats »

"Y no hablaremos de gatos"

« Et nous n'avons pas non plus besoin de parler des chiens »

"Y tampoco tenemos que hablar de perros"

Quand la souris entendit cela, elle se retourna

Cuando el ratón escuchó esto, se dio la vuelta

et la petite souris nagea lentement vers elle

Y el ratoncito nadó lentamente de regreso a ella

Le visage de la souris était assez pâle

La cara del ratón estaba bastante pálida

et la souris parla d'une voix basse et tremblante

Y el ratón habló, en voz baja y temblorosa

« Allons à la rive »

"Vamos a la orilla"

« et ensuite je vous raconterai mon histoire »

"y luego te contaré mi historia"

« et vous comprendrez pourquoi c'est moi qui déteste les chats et les chiens »

"y entenderás por qué odio a los gatos y a los perros"

Il était grand temps de partir

Ya era hora de partir

parce que la piscine devenait assez bondée

porque la piscina se estaba llenando bastante

D'autres oiseaux et animaux étaient tombés dans la mare
Otros pájaros y animales habían caído en el estanque
il y avait un Canard et un Dodo
había un pato y un dodo
et il y avait un oiseau Lory et un aiglon
y había un pájaro lori y un aguilucho
et il y avait plusieurs autres créatures intéressantes
Y había varias otras criaturas de aspecto interesante
Alice a ouvert la voie à la sortie de la piscine
Alicia abrió el camino para salir de la piscina
et toute la troupe des animaux nagea jusqu'au rivage
Y todo el grupo de animales nadó hasta la orilla

Une course de caucus et une longue traîne

Una carrera de caucus y una larga cola

C'était en effet une bande d'animaux à l'allure amusante

De hecho, eran un grupo de animales de aspecto gracioso

et ils se rassemblèrent tous sur le bord de l'eau

Y todos se reunieron a la orilla del agua

Les oiseaux avaient tous des plumes débraillées

Todos los pájaros tenían las plumas desaliñadas

et les animaux à fourrure étaient trempés

y los animales peludos estaban empapados

et tous étaient trempés, agacés et mal à l'aise

y todos estaban empapados, molestos e incómodos

Il y avait une question à laquelle il fallait répondre en premier

Había una pregunta que había que responder primero

Quelle est la meilleure façon pour tout le monde de se sécher ?

¿Cuál es la mejor manera de que todos se sequen?

Ils ont tenu une consultation à ce sujet

Tuvieron una consulta sobre este asunto

Bientôt, ils furent tous en bons termes

Pronto todos se sintieron en términos familiares
C'était comme si elle les avait connus toute sa vie
Era como si los conociera de toda la vida
La souris semblait être une personne d'une certaine autorité
El ratón parecía ser una persona de cierta autoridad
« Asseyez-vous, vous tous, et écoutez-moi !
"¡Siéntense todos y escúchenme!
« Je vais bientôt vous faire sécher à nouveau ! »
"¡Pronto los volveré a secar!"
Ils s'assirent tous en même temps, dans un grand cercle
Se sentaron todos a la vez, en un gran círculo
et la petite souris s'assit au milieu
y el ratoncito se sentó en el medio
« Hum ! » dit la souris d'un air important
—¡Ejem! —dijo el ratón con aire importante—
« Êtes-vous tous prêts ? »
"¿Están todos listos?"
« C'est la chose la plus sèche que je connaisse »
"Esto es lo más seco que conozco"
« Silence tout autour, s'il vous plaît ! »
—¡Silencio por todas partes, por favor!
« Guillaume le Conquérant était favorisé par le pape »
"Guillermo el Conquistador fue favorecido por el Papa"
« mais il fut bientôt soumis par les Anglais »
"pero pronto fue sometido por los ingleses"
« Ils voulaient des leaders ces derniers temps »
"Últimamente querían líderes"
« et ils avaient été habitués au pouvoir et à la conquête »
"Y se habían acostumbrado al poder y a la conquista"
« Edwin et Morcar, les comtes de Mercie et de Northumbrie »
"Edwin y Morcar, los condes de Mercia y Northumbria"
« Pouah ! » dit l'oiseau lori, avec un frisson
—¡Uf! —exclamó el pájaro lori con un escalofrío—
« et même Stigand, l'archevêque patriote de Cantorbéry »
"e incluso Stigand, el patriota arzobispo de Canterbury"
« Il l'a également trouvé opportun »

"A él también le pareció aconsejable"
« Qu'a-t-il trouvé à propos ? » dit le canard
-¿Qué le pareció aconsejable? -dijo el pato-
— Il l'a trouvé opportun, répondit la souris d'un ton un peu contrarié
—Le pareció aconsejable —replicó el ratón con cierto enfado—
Mais le canard n'était pas satisfait
Pero el pato no estaba satisfecho
« Bien sûr, vous savez ce que 'it' signifie »
"Por supuesto, ya sabes lo que significa"
« Je sais ce que c'est quand je trouve quelque chose », dit le canard
—Sé lo que es cuando encuentro una cosa —dijo el pato—
« C'est généralement une grenouille ou un ver »
"Generalmente es una rana o un gusano"
« La question est de savoir ce que l'archevêque a trouvé ?
"La pregunta es, ¿qué encontró el arzobispo?"
La souris n'a pas remarqué cette question
El ratón no se dio cuenta de esta pregunta
Au lieu de cela, la souris continua précipitamment son discours
En cambio, el ratón continuó apresuradamente con el discurso
« il a jugé opportun d'aller avec Edgar Atheling »
"le pareció aconsejable ir con Edgar Atheling"
« pour rencontrer Guillaume et lui offrir la couronne »
"para encontrarme con Guillermo y ofrecerle la corona"
la souris continua, se tournant vers Alice pendant qu'elle parlait
el ratón continuó, volviéndose hacia Alicia mientras hablaba
« Comment allez-vous maintenant, ma chère ? »
—¿Cómo te va ahora, querida?
— Aussi mouillée que jamais, dit Alice d'un ton mélancolique
—Tan mojado como siempre —dijo Alicia en tono melancólico—
« Cette histoire n'a pas l'air de me tarir du tout »
"Esta historia no parece que me seque en absoluto"

— Dans ce cas, dit solennellement le dodo en se levant

—En ese caso —dijo solemnemente el dodo, poniéndose en pie—

« Je vote pour l'ajournement de la séance »

"Voto que se levante la sesión"

« et je propose l'adoption immédiate de remèdes plus énergiques »

"y propongo la adopción inmediata de remedios más enérgicos"

« Dis des paroles vraies ! » dit l'aiglon

—¡Di palabras de verdad! —dijo el aguilucho—

« Je ne connais pas le sens de la moitié de ces longs mots »

"No conozco el significado de la mitad de esas palabras largas"

et, qui plus est, je ne crois pas que vous le sachiez non plus !

—¡Y, lo que es más, tampoco creo que tú lo sepas!

— Ce que j'allais dire, dit le dodo d'un ton offensé

—Lo que iba a decir —dijo el dodo en tono ofendido—

« La meilleure chose à faire pour nous sécher serait une course au caucus »

"Lo mejor para deshacernos sería una contienda electoral"

« Qu'est-ce qu'une course de caucus ? » demanda Alice

—¿Qué es una contienda electoral? —preguntó Alicia

« Eh bien, » dit le dodo, « la meilleure façon de l'expliquer, c'est de le faire »

—Bueno —dijo el dodo—, la mejor manera de explicarlo es hacerlo.

« D'abord, le dodo a tracé un parcours »

"Primero el dodo trazó un hipódromo"

« La piste était dans une sorte de cercle »

"La pista estaba en una especie de círculo"

« Et puis tout le groupe a été placé le long du parcours »

"Y luego todo el grupo se colocó a lo largo del recorrido"

Il n'y avait pas de « Un, deux, trois et c'est parti ! »

No hubo "¡Uno, dos, tres y fuera!"

Mais ils ont commencé à courir quand ils voulaient

pero empezaron a correr cuando quisieron

et ils finissaient aussi quand ils le voulaient

Y también terminaban cuando querían

Il n'était donc pas facile de savoir quand la course était terminée

Así que no era fácil saber cuándo había terminado la carrera

Après environ une demi-heure de course, ils étaient tous assez secs

Después de media hora más o menos de correr, todos estaban bastante secos

le dodo s'écria soudain : « La course est finie ! »

el dodo gritó de repente: "¡La carrera ha terminado!"

Et ils se pressèrent tous autour du Dodo

Y todos se agolparon alrededor del dodo

Tous les animaux haletaient et soufflaient

Todos los animales jadeaban y resoplaban

et tous voulaient savoir : « Mais qui a gagné ? »

y todos querían saber: "¿Pero quién ha ganado?"

Le dodo ne pouvait pas répondre immédiatement à cette question

El dodo no pudo responder de inmediato a esta pregunta

D'abord, il a dû beaucoup réfléchir

Primero tuvo que pensar mucho

Après mûre réflexion, le dodo finit par parler

Después de pensarlo mucho, el Dodo finalmente habló

« Tout le monde a gagné, et tous doivent avoir des prix »

"Todos han ganado y todos deben tener premios"

« Mais qui doit donner les prix ? » demanda un chœur de voix

"¿Pero quién va a dar los premios?", preguntó un coro de voces

— Eh bien, elle, bien sûr, dit le dodo

—Bueno, ella, por supuesto —dijo el dodo—

et le dodo pointa d'un doigt vers Alice

y el dodo señaló con un dedo a Alicia

et toute la troupe des animaux se pressait autour d'elle

y todo el grupo de animales se agolpó a su alrededor

ils ont crié, d'une manière confuse : « Des prix ! Des prix !

gritaron, de manera confusa: "¡Premios! ¡Premios!"

Alice n'avait aucune idée de ce qu'elle devait faire

Alicia no tenía ni idea de qué hacer

Désespérée, elle mit la main dans sa poche

Desesperada, se metió la mano en el bolsillo

Et elle en sortit une boîte de bonbons

Y sacó una caja de dulces

Heureusement, l'eau salée n'était pas entrée dans la boîte

Por suerte, el agua salada no había entrado en la caja

et elle a distribué les bonbons comme prix

Y repartió los dulces como premios

Il y avait exactement une pièce pour tout le monde

Había exactamente una pieza para todos

La prochaine chose qu'ils devaient faire était de manger les bonbons

Lo siguiente que tenían que hacer era comer los dulces

Cela a causé du bruit et de la confusion

Esto causó algo de ruido y confusión

Les grands oiseaux se plaignaient de ne pas pouvoir goûter leurs bonbons

Los grandes pájaros se quejaban de que no podían saborear sus dulces

Les petits s'étouffaient et devaient être tapotés dans le dos

Los pequeños se ahogaron y hubo que darles palmaditas en la espalda

Cependant, c'était enfin fini

Sin embargo, al fin se acabó

Et ils se rassirent en cercle

y se sentaron de nuevo en un anillo

et ils supplièrent la souris de leur dire quelque chose de plus

Y le rogaron al ratón que les dijera algo más

— Vous m'avez promis de me raconter votre histoire, vous savez, dit Alice

—Prometiste contarme tu historia, ¿sabes? —dijo Alicia—

et elle fit une autre petite remarque sur les chats à voix basse

E hizo otro pequeño comentario sobre los gatos en un susurro

Elle ne voulait pas offenser à nouveau la souris

No quería volver a ofender al ratón

la petite souris se tourna vers Alice et soupira

el ratoncito se volvió hacia Alicia y suspiró

« Ma conte est long et triste ! »

—¡La mía es una larga y triste historia!

— C'est une longue queue, certainement, dit Alice

—Es una cola larga, sin duda —dijo Alicia—

et elle baissa les yeux avec étonnement sur la queue de la souris

Y miró con asombro la cola del ratón

« Mais pourquoi appelez-vous cela une queue triste ? »

—¿Pero por qué le llamas cola triste?

Et elle n'arrêtait pas de s'interroger à ce sujet pendant que la souris parlait

Y ella seguía desconcertada al respecto mientras el ratón hablaba

de sorte que son idée de l'histoire était quelque chose comme ceci

de modo que su idea del cuento era más o menos así

"Fury said to
a mouse, That
he met in the
house, 'Let
us both go
to law: *I*
will prosecute
you.—
Come, I'll
take no denial:
We must have
the trial;
For really
this morning
I've
nothing
to do.'
Said the
mouse to
the cur,
'Such a
trial, dear
sir, With
no jury
or judge,
would
be wasting
our
breath.'
'I'll be
judge,
I'll be
jury,'
said
cunning
old
Fury;
'I'll
try
the
whole
cause,
and
condemn
you to
death.'"

Fury dit à une souris : Qu'il s'est rencontré dans la maison.
Furia le dijo a un ratón: "Que se encontró en la casa"
Allons tous les deux en justice, je vous poursuivrai
Vayamos los dos a la ley: yo te procesaré
Allons, je n'accepterai aucun démenti : il faut que nous fassions l'épreuve
Vamos, no aceptaré ninguna negación: debemos tener el juicio
Car vraiment ce matin je n'ai rien à faire
Porque realmente esta mañana no tengo nada que hacer
Dit la souris au maudit ;
Dijo el ratón al cur;
Un tel procès, cher monsieur, sans jury ni juge, nous ferait perdre notre souffle

Un juicio así, querido señor, sin jurado ni juez, sería una
pérdida de aliento
« Je serai juge, je serai jury », dit le vieux rusé Fury
—Seré juez, seré jurado —dijo el astuto viejo Fury—
Je vais juger toute la cause, et je vous condamnerai à mort
Juzgaré toda la causa y te condenaré a muerte
la souris parla sévèrement à Alice
el ratón le habló severamente a Alicia
« Tu ne fais pas attention ! »
"¡No estás prestando atención!"
« À quoi pensez-vous ? »
—¿En qué estás pensando?
— Je vous demande pardon, dit Alice très humblement
—Le ruego que me perdone —dijo Alicia muy
humildemente—
« Tu étais arrivé au cinquième virage, je crois ? »
— ¿Habías llegado a la quinta curva, creo?
« Vous m'insultez en disant de telles bêtises ! »
"¡Me insultas diciendo tales tonterías!"
Et la souris se leva et s'éloigna
Y el ratón se levantó y se alejó
Alice appela la petite souris
Alicia llamó al ratoncito
« S'il vous plaît, revenez et terminez votre histoire ! »
"¡Por favor, regresa y termina tu historia!"
Et les autres se joignirent tous en chœur
Y todos los demás se unieron a coro
« Oui, s'il vous plaît, terminez votre histoire ! »
"¡Sí, por favor, termine su historia!"
Mais la souris se contenta de secouer la tête avec impatience
Pero el ratón se limitó a negar con la cabeza con impaciencia
et la petite souris marchait un peu plus vite
Y el ratoncito caminó un poco más rápido
« Je voudrais bien avoir Dinah, notre chat, ici ! » dit Alice
—¡Ojalá tuviera aquí a Dinah, nuestra gata! —dijo Alicia—
Cela provoqua une sensation remarquable parmi le parti
Esto causó una notable sensación entre el grupo

Quelques-uns des oiseaux se hâtèrent de s'éloigner
Algunos de los pájaros se apresuraron a huir de inmediato
et un canari appela d'une voix tremblante ses enfants ;
y un canario gritó con voz temblorosa a sus hijos;
« Allez-vous-en, mes chères ! »
—¡Váyanse, queridos míos!
« Il est grand temps que vous soyez tous au lit ! »
"¡Ya es hora de que estén todos en la cama!"
Avec diverses excuses, ils sont tous partis
Con varias excusas se fueron todos
et Alice se retrouva bientôt seule
y Alicia no tardó en quedarse sola
« J'aurais aimé ne pas avoir mentionné Dinah ! »
—¡Ojalá no hubiera mencionado a Dinah!
« Personne n'a l'air de l'aimer ici »
"Parece que a nadie le gusta aquí abajo"
« Mais je suis sûr que c'est la meilleure chatte du monde ! »
—¡Pero estoy seguro de que es la mejor gata del mundo!
La pauvre Alice se remit à pleurer
La pobre Alicia se echó a llorar de nuevo
parce qu'elle se sentait très seule et déprimée
porque se sentía muy sola y desanimada
Au bout de peu de temps, cependant, elle entendit de nouveau quelque chose
Al cabo de un rato, sin embargo, volvió a oír algo
un petit bruit de pas au loin
un pequeño golpeteo de pasos a lo lejos
et elle leva les yeux avec impatience
Y ella miró hacia arriba ansiosamente

Le lapin envoie le petit M. Bill
El conejo manda al pequeño Sr. Bill

C'était le lapin blanc, qui revenait lentement au trot
Era el conejo blanco, que volvía trotando lentamente
Il regardait anxieusement autour de lui en chemin
Miraba a su alrededor ansiosamente mientras se alejaba
Il avait l'air d'avoir perdu quelque chose
Parecía como si hubiera perdido algo
Alice l'entendit marmonner pour lui-même
Alicia le oyó murmurar para sí misma
— La duchesse ! La Duchesse ! Oh, mes chères pattes !
—¡La duquesa! ¡La duquesa! ¡Oh, mis queridas patas!
« Oh, ma fourrure et mes moustaches ! »
—¡Oh, mi pelo y mis bigotes!
« Elle va me faire exécuter, j'en suis sûr »
"Ella hará que me ejecuten, estoy seguro de eso"
« Aussi sûr que les furets sont des furets ! »
—¡Tan cierto como que los hurones son hurones!
« Où ai-je pu laisser tomber mes affaires, je me demande ? »
"¿Dónde puedo haber dejado mis cosas, me pregunto?"
Alice devina en un instant ce qu'il cherchait
Alicia adivinó en un momento lo que estaba buscando
Il cherchait l'éventail de plumes

Buscaba el abanico de plumas
et il cherchait la paire de gants blancs
Y buscaba el par de guantes blancos
Elle se mit donc très gentiment à chercher les gants
Así que ella, muy bondadosamente, comenzó a buscar los guantes
Et elle chercha aussi l'éventail de plumes
Y también buscó el abanico de plumas
Mais les gants et l'éventail de plumes étaient introuvables
Pero los guantes y el abanico de plumas no se veían por ninguna parte
Tout semblait avoir changé depuis sa baignade dans la piscine
Todo parecía haber cambiado desde que se bañó en la piscina
Rien n'était pareil depuis qu'elle était dans la grande salle
Nada era igual desde que estaba en el Gran Salón
et la table de verre avait disparu
y la mesa de cristal había desaparecido
Et la petite porte n'était pas là non plus
Y la puertecita tampoco estaba allí
Très vite, le lapin remarqua Alice
Muy pronto el conejo se fijó en Alicia
Il l'appela d'un ton furieux
—la llamó en tono airado
« Mary Ann, que fais-tu ici ? »
—Mary Ann, ¿qué haces aquí?
« Rentre chez toi à l'instant même »
"Corre a casa en este momento"
« Et apporte-moi une paire de gants et un éventail de plumes ! »
—¡Y tráeme un par de guantes y un abanico de plumas!
« Et faites vite ! »
—¡Y date prisa!
Alice se parlait à elle-même en s'enfuyant
Alicia se habló a sí misma mientras salía corriendo
— Il a dû me prendre pour sa femme de chambre !
—¡Debe de haberme confundido con su criada!

« **Comme il sera surpris quand il découvrira qui je suis ! »**
"¡Qué sorpresa se quedará cuando se entere de quién soy!"
En disant cela, elle tomba sur une petite maison soignée
Al decir esto, se encontró con una casita pulcra
Sur la porte de la maison se trouvait une plaque de laiton brillant
En la puerta de la casa había una placa de bronce brillante
« W. LAPIN »
"W. CONEJO"
Elle entra sans frapper à la porte
Entró sin llamar a la puerta
et elle se hâta de monter l'escalier
Y se apresuró a subir las escaleras
elle craignait de rencontrer la vraie Mary Ann
le preocupaba conocer a la verdadera Mary Ann
parce qu'alors elle serait chassée de la maison
porque entonces la echarían de la casa
et elle ne pourrait pas trouver l'éventail de plumes et les gants
Y no sería capaz de encontrar el abanico de plumas y los guantes
Alice s'était frayé un chemin dans une petite pièce bien rangée
Alicia había encontrado el camino hacia una pequeña habitación ordenada
Dans la pièce, il y avait une table près de la fenêtre
En la habitación había una mesa junto a la ventana
et sur la table, il y avait un éventail de plumes
y sobre la mesa había un abanico de plumas
et il y avait deux ou trois paires de petits gants blancs
Y había dos o tres pares de diminutos guantes blancos
Elle ramassa l'éventail en plumes et une paire de gants
Cogió el abanico de plumas y un par de guantes
et elle allait quitter la pièce
Y estaba a punto de salir de la habitación
mais alors ses yeux tombèrent sur une petite bouteille
Pero entonces sus ojos se posaron en una botellita

Elle déboucha la bouteille et la porta à ses lèvres

Descorchó la botella y se la llevó a los labios

« J'espère que cela me fera redevenir grand »

"Espero que me haga crecer de nuevo"

« J'en ai marre d'être une toute petite chose ! »

"¡Estoy cansada de ser una cosita tan pequeña!"

Alice avait à peine bu la moitié de la bouteille

Alicia apenas se había bebido la mitad de la botella

Sa tête était déjà appuyée contre le plafond

Su cabeza ya estaba presionada contra el techo

et elle dut se baisser

Y tuvo que agacharse

pour sauver son cou d'être brisé

para salvar su cuello de ser roto

Elle posa précipitamment la bouteille

Dejó apresuradamente la botella

« C'est bien assez »

"Con eso basta"

« J'espère que je ne grandirai plus »

"Espero no crecer más"

Hélas! Il était trop tard pour souhaiter cela !

¡Ay! ¡Era demasiado tarde para desearlo!

Elle n'a cessé de grandir

Ella siguió creciendo y creciendo

et très vite elle dut s'agenouiller sur le sol

y muy pronto tuvo que arrodillarse en el suelo

Et même alors, elle a continué à grandir

Y aun así siguió creciendo

Comme dernière ressource, elle passa un bras par la fenêtre

Como último recurso, sacó un brazo por la ventana

et elle mit un pied dans la cheminée

Y metió un pie por la chimenea

« Maintenant, je ne peux plus faire, quoi qu'il arrive »

"Ahora no puedo hacer más, pase lo que pase"

« Que vais-je devenir ? »

—¿Qué será de mí?

Alice a eu un peu de chance
Alicia tuvo un poco de suerte
La petite bouteille magique avait fait son plein effet
La pequeña botella mágica había tenido todo su efecto
et Alice ne grandit pas plus qu'elle n'était
y Alicia no creció más de lo que era
Au bout de quelques minutes, elle entendit une voix à l'extérieur
Al cabo de unos minutos oyó una voz en el exterior
et elle s'arrêta pour écouter la voix
Y se detuvo a escuchar la voz
« Mary Ann ! Mary Ann ! dit la voix
—¡María Ana! ¡Mary Ann! -dijo la voz-
« Apporte-moi mes gants tout de suite ! »
"¡Tráeme mis guantes en este momento!"
Puis vint un petit claquement de pieds dans l'escalier
Luego se oyó un pequeño golpeteo de pies en la escalera
Alice savait que c'était le lapin qui venait la chercher
Alicia supo que era el conejo que venía a buscarla
et elle trembla jusqu'à faire trembler la maison
Y tembló hasta hacer temblar la casa
elle oublia tout à fait quelles étaient ses proportions

Se olvidó por completo de sus proporciones
Elle était mille fois plus grosse que le lapin
Era mil veces más grande que el conejo
et elle n'avait aucune raison d'avoir peur d'un lapin
Y no tenía por qué temer a un conejo
Bientôt le lapin s'approcha de la porte
De pronto, el conejo se acercó a la puerta
et le petit lapin essaya d'ouvrir la porte
Y el conejito trató de abrir la puerta
La porte a commencé à s'ouvrir vers l'intérieur
La puerta comenzó a abrirse hacia adentro
mais le coude d'Alice était fortement appuyé contre la porte
pero el codo de Alicia estaba apretado con fuerza contra la
puerta
Cette tentative s'est avérée un échec
Ese intento resultó un fracaso
Alice entendit le lapin se parler à lui-même
Alicia oyó que el conejo se hablaba a sí mismo
« Ensuite, je vais faire le tour et entrer par la fenêtre »
"Entonces daré la vuelta y entraré por la ventana"
« Que tu ne le feras pas ! » pensa Alice
«¡Que no lo harás!», pensó Alicia
Et elle attendit encore un peu
Y volvió a esperar un poco
Bientôt, elle entendit le lapin juste sous la fenêtre
Pronto oyó al conejo justo debajo de la ventana
Elle étendit soudain la main
De repente extendió la mano
et elle fit une prise en l'air
Y ella hizo un arrebato en el aire
Elle n'a rien attrapé
No se apoderó de nada
mais elle entendit un petit cri et une chute
Pero oyó un pequeño alarido y una caída
et elle entendit un fracas de verre brisé
Y oyó el estrépito de cristales rotos
Peut-être le lapin était-il tombé

Tal vez el conejo se había caído
Peut-être était-il dans une serre
Tal vez estaba en un invernadero
Puis vint une voix en colère ; La voix du lapin
Luego se oyó una voz airada; La voz del conejo
« Pat, où es-tu ? »
"Pat, ¿dónde estás?"
Et puis vint une voix qu'elle n'avait jamais entendue auparavant
Y entonces llegó una voz que nunca antes había oído
« Votre honneur, je suis là ! »
"¡Su señoría, estoy aquí!"
« Je creuse pour trouver des pommes »
"Estoy cavando en busca de manzanas"
« Ici ! Venez m'aider à m'en sortir !
"¡Aquí! ¡Ven y ayúdame a salir de esto!"
« Maintenant, dis-moi, Pat, qu'est-ce qu'il y a dans la fenêtre ? »
—Ahora dime, Pat, ¿qué es eso que hay en la ventana?
« Bien sûr, Votre Honneur, je vais vous le dire »
"Claro, su señoría, se lo diré"
« C'est un bras qui est dans la fenêtre ! »
"¡Es un brazo que está en la ventana!"
« Eh bien, un bras n'a rien à faire là-bas »
"Bueno, un brazo no tiene nada que hacer allí"
« Va et enlève le bras ! »
"¡Ve y quítate el brazo!"
Il y eut un long silence après cela
Hubo un largo silencio después de esto
et Alice n'entendait que des chuchotements de temps en temps
y Alicia sólo podía oír susurros de vez en cuando
et enfin elle étendit de nouveau la main
Y, por fin, volvió a extender la mano
et elle fit une autre arrachée dans les airs
Y ella hizo otro arrebato en el aire
Cette fois, il y eut deux petits cris

Esta vez hubo dos pequeños chillidos
et il y avait d'autres bruits de verre brisé
y se escucharon más sonidos de vidrios rotos
« Je me demande ce qu'ils vont faire ensuite ! » pensa Alice
«¡Me pregunto qué harán ahora!», pensó Alicia
« J'aimerais qu'ils me tirent par la fenêtre »
"Ojalá me sacaran por la ventana"
Elle attendit un certain temps
Esperó un buen rato
Mais pendant un moment, elle n'entendit plus rien
Pero durante un rato no oyó nada más
Enfin, il y eut un grondement de petites roues
Por fin se oyó el estruendo de unas ruedas
et il y eut le son d'un bon nombre de voix
Y se oyó el sonido de muchas voces
Toutes les voix parlaient ensemble
Todas las voces hablaban al unísono
Elle pouvait distinguer certaines des paroles
Pudo distinguir algunas de las palabras
« Où est l'autre échelle ? »
—¿Dónde está la otra escalera?
« Bill a l'autre échelle »
"Bill tiene la otra escalera"
« Bill, viens ici ! »
"¡Bill, ven aquí!"
« Le toit va-t-il supporter le fardeau ? »
—¿Soportará el techo la carga?
« Qui veut descendre par la cheminée ? »
—¿Quién quiere bajar por la chimenea?
— Non, je ne le ferai pas ! Vous le faites !
—¡No, no lo haré! ¡Tú lo haces!"
« Tiens, Bill ! »
—¡Aquí, Bill!
« Le maître dit qu'il faut descendre par la cheminée ! »
"¡El maestro dice que tienes que bajar por la chimenea!"
Alice descendit son pied aussi loin qu'elle le put dans la cheminée

Alicia arrastró el pie por la chimenea todo lo que pudo
Et puis elle attendit de voir ce qui allait arriver
Y luego esperó a ver lo que venía
Elle entendit un petit animal gratter et se débattre
Escuchó a un animalito arañar y revolver
Le petit animal doit être dans la cheminée
El animalito debe estar en la chimenea
Puis elle donna un coup de pied sec
Luego dio una fuerte patada
et elle attendit de voir ce qui allait se passer ensuite
Y esperó a ver qué pasaría después
Elle entendit un chœur général de voix
Oyó un coro general de voces
« Voilà Bill ! » dirent-ils tous
"¡Ahí va Bill!", dijeron todos
Puis elle entendit la voix du lapin seule
Entonces oyó solo la voz del conejo
« Toi par la haie, attrape-le ! »
"¡Tú por el seto, atrápalo!"
Il y eut un autre moment de silence
Hubo otro momento de silencio
Et puis il y eut une autre confusion de voix
Y entonces hubo otra confusión de voces
« Lève la tête, Brandy »
"Levanta la cabeza, Brandy"
« Attention à ne pas l'étouffer »
"Ten cuidado de no asfixiarlo"
« Qu'est-ce qui t'est arrivé ? »
—¿Qué te pasó?
Enfin, une petite voix faible et grinçante est apparue
Por último, llegó una vocecita débil y chillona
« Eh bien, je n'en sais presque pas plus »
"Bueno, ya casi no sé"
« merci à tous, je vais mieux maintenant »
"Gracias a todos, ahora estoy mejor"
« il y a une chose dont je peux me souvenir »
"Hay una cosa que puedo recordar"

« Quelque chose vient à moi comme un train dans un tunnel »

"Algo viene hacia mí como un tren en un túnel"

« Et je vole comme une fusée ! »

"¡Y vuelo hacia arriba como un cohete!"

Il y eut une minute ou deux de silence

Hubo uno o dos minutos de silencio

puis ils ont recommencé à se déplacer

Y entonces empezaron a moverse de nuevo

et Alice entendit de nouveau le Lapin parler

y Alicia oyó hablar de nuevo al Conejo

« **Une brouette fera l'affaire, pour commencer** »

"Un túmulo servirá, para empezar"

« **Une brouette pleine de quoi ?** » **pensa Alice**

«¿Un túmulo lleno de qué?», pensó Alicia

Mais elle ne fut pas tenue en suspens longtemps

Pero no la mantuvieron en suspenso por mucho tiempo

Une pluie de petits cailloux est passée par la fenêtre

Una lluvia de guijarros entró por la ventana

et quelques petits cailloux l'ont frappée au visage

Y algunas de las piedrecitas le golpearon en la cara

Alice fut surprise par les petits cailloux

Alicia se sorprendió por los guijarros

Tous les petits cailloux se transformaient en gâteaux

Todos los guijarros se estaban convirtiendo en pasteles

et une idée lumineuse lui vint à l'esprit

Y una idea brillante se le ocurrió

« **Je devrais manger un de ces gâteaux** »

"Debería comerme uno de estos pasteles"

« **Le gâteau ne manquera pas de faire changer ma taille** »

"El pastel seguramente hará algún cambio en mi tamaño"

Alors elle a avalé l'un des gâteaux

Así que se tragó uno de los pasteles

et elle fut ravie de constater qu'elle commençait à rétrécir

Y se alegró al descubrir que empezaba a encogerse

Bientôt, elle fut assez petite pour franchir la porte

Pronto fue lo suficientemente pequeña como para pasar por la

puerta
Elle s'est enfuie de la maison
Salió corriendo de la casa
Une foule de petits animaux et d'oiseaux attendaient dehors
Una multitud de animalitos y pájaros esperaban afuera
tous les petits oiseaux et les petits animaux se précipitèrent sur Alice
todos los pajaritos y animales se abalanzaron sobre Alicia
Mais elle s'enfuit aussi vite qu'elle le put
Pero ella huyó lo más rápido que pudo
et bientôt elle se trouva en sécurité dans un bois épais
Y pronto se encontró a salvo en un espeso bosque
Alice errait dans les bois
Alicia vagaba por el bosque
Et elle pensa en elle-même :
Y pensó para sí misma:
« Je sais ce que je dois faire en premier »
"Sé lo que tengo que hacer primero"
« Je dois d'abord grandir à ma bonne taille »
"Primero tengo que volver a crecer hasta el tamaño adecuado"
« et puis je dois trouver mon chemin dans ce joli jardin »
"Y luego tengo que encontrar mi camino hacia ese hermoso jardín"
« Je suppose que je devrais manger ou boire quelque chose ou autre »
"Supongo que debería comer o beber una cosa u otra"
« Mais la question est de savoir ce que je dois manger ou boire ? »
"Pero la pregunta es ¿qué debo comer o beber?"
Alice regarda tout autour d'elle les fleurs
Alicia miró a su alrededor las flores
et elle regarda à travers les brins d'herbe
Y miró a través de las briznas de hierba
mais elle ne voyait rien à manger ni à boire
pero no podía ver nada de comer ni de beber
Rien ne semblait être la bonne chose à manger ou à boire
Nada parecía ser lo adecuado para comer o beber

Il y avait un gros champignon qui poussait près d'elle
Había un gran hongo creciendo cerca de ella
le champignon était à peu près de la même taille qu'Alice
el hongo tenía aproximadamente la misma altura que Alicia
Elle s'étira sur la pointe des pieds
Se estiró de puntillas
Et elle jeta un coup d'œil par-dessus le bord du champignon
Y se asomó por el borde del hongo
Ses yeux rencontrèrent immédiatement les yeux d'une grande chenille bleue
Sus ojos se encontraron inmediatamente con los ojos de una gran oruga azul
La chenille était assise sur le sommet du champignon
La oruga estaba sentada en la parte superior del hongo
et la chenille avait croisé tous ses bras
y la oruga se había cruzado de brazos
et il fumait tranquillement un long narguilé
Y estaba fumando tranquilamente una larga cachimba
et il ne faisait pas la moindre attention à rien
y no hizo la menor atención a nada
et il n'a certainement pas fait attention à Alice
y ciertamente no le prestó atención a Alicia

Les conseils d'une chenille

Consejos de una oruga

Finalement, la chenille a retiré le narguilé de sa bouche

Por fin, la oruga se quitó la pipa de la boca

et il s'adressa à Alice d'une voix languissante et endormie

y se dirigió a Alicia con voz lánguida y soñolienta

« Qui es-tu ? » demanda la chenille

—¿Quién eres? —preguntó la oruga

Alice a répondu, plutôt timidement : « Je sais à peine, monsieur. »

Alicia respondió, con cierta timidez: "No lo sé, señor"

« Juste pour le moment, c'est un peu... »

"Justo en este momento está todo un poco..."

« Je sais qui j'étais quand je me suis levé ce matin" »

"Sé quién era cuando me levanté esta mañana"

« mais je pense que j'ai dû changer plusieurs fois depuis »

"pero creo que debo haber cambiado varias veces desde entonces"

« Qu'est-ce que tu veux dire par là ? » dit la chenille

—¿Qué quieres decir con eso? —dijo la oruga—
sévèrement, la chenille lui demanda de s'expliquer
Con severidad, la oruga le pidió que se explicara
— Je ne peux pas m'expliquer, j'en ai peur, monsieur, dit Alice
—Me temo que no puedo explicarme, señor —dijo Alicia—
« parce que je ne suis pas moi-même »
"porque no soy yo mismo"
« Vous voyez, être de tant de tailles différentes en une journée, c'est très déroutant »
"Verás, tener tantos tamaños diferentes en un día es muy confuso"
Elle se redressa et dit très gravement :
Se incorporó y dijo muy gravemente:
« Je pense que tu devrais me dire qui tu es, en premier »
"Creo que primero deberías decirme quién eres"
« Pourquoi ? » demanda la chenille
"¿Por qué?", dijo la oruga
Alice ne voyait aucune bonne raison
Alicia no se le ocurría ninguna buena razón
et la chenille semblait être dans un état d'esprit très désagréable
Y la oruga parecía estar en un estado de ánimo muy desagradable
alors elle s'en retourna
Así que se dio la vuelta
« Reviens ! » la chenille l'appela
"¡Vuelve!", la oruga la llamó
« J'ai quelque chose d'important à dire ! »
"¡Tengo algo importante que decir!"
Alice se retourna et revint
Alicia se dio la vuelta y volvió otra vez
« Garde ton sang-froid », dit la chenille
—Mantén la calma —dijo la oruga—
— C'est tout ? dit Alice
-¿Eso es todo? -preguntó Alicia
Et elle ravala sa colère de son mieux

Y se tragó su rabia lo mejor que pudo
« Non, » dit la chenille
—No —dijo la oruga—
La chenille déplia ses bras
La oruga desplegó sus brazos
Et il retira le narguilé de sa bouche
Y volvió a sacarse la pipa de la boca
et il a dit : « Vous pensez donc que vous avez changé, n'est-ce pas ? »
y él dijo: "Así que Ud. piensa que Ud. ha cambiado, ¿verdad?"
— J'ai peur, je suis changée, monsieur, dit Alice
—Me temo, he cambiado, señor —dijo Alicia—
« Je ne me souviens plus des choses comme je m'en souvenais »
"No puedo recordar las cosas como solía recordarlas"
« et je ne reste pas plus de dix minutes de la même taille ! »
"¡Y no me quedo del mismo tamaño por más de diez minutos!"
« Quelle taille veux-tu faire ? » demanda la chenille
"¿Qué tamaño quieres tener?", preguntó la oruga
— Oh, ma taille ne me dérange pas particulièrement, répondit vivement Alice
—Oh, no me importa especialmente el tamaño que tenga —respondió Alicia apresuradamente—
« Je n'aime pas changer de taille si souvent, vous savez »
"Simplemente no me gusta cambiar de tamaño tan a menudo, ya sabes"
« J'aimerais être un peu plus grand, monsieur »
"Me gustaría ser un poco más grande, señor"
— Si cela ne vous dérange pas, ajouta Alice
—Si no te importa —añadió Alicia—
« Dix centimètres, c'est une taille si misérable »
"Diez centímetros es una altura tan miserable para ser"
« C'est une très bonne hauteur en effet ! » dit la chenille avec colère
-¡Es una altura muy buena! -exclamó la oruga con rabia-
et il se redressa tout en parlant
Y se irguió mientras hablaba

Il mesurait exactement dix centimètres de haut

Medía exactamente diez centímetros de alto

Au bout d'une minute ou deux, la chenille s'est détachée du champignon

En uno o dos minutos, la oruga bajó del hongo

et il s'enfonça en rampant dans l'herbe

Y se arrastró por la hierba

En s'éloignant, il fit quelques petites remarques

Al alejarse, hizo algunas pequeñas observaciones

« Un côté vous fera grandir »

"Un lado te hará crecer más alto"

« Et l'autre côté te fera rapetisser »

"Y el otro lado te hará acortar"

« Un côté de quoi ? » pensa Alice en elle-même

«¿Un lado de qué?», pensó Alicia para sí misma

« L'autre côté de quoi ? »

—¿El otro lado de qué?

« Le côté du champignon », dit la chenille

—El costado del hongo —dijo la oruga—

C'était comme si elle avait posé sa question à haute voix

Era como si hubiera hecho su pregunta en voz alta

et un instant plus tard, il fut hors de vue

Y en otro momento, se perdió de vista

Alice resta pensivement à regarder le champignon

Alicia se quedó mirando pensativa el hongo

Elle essayait de distinguer quels étaient les deux côtés du champignon

Estaba tratando de distinguir cuáles eran los dos lados del hongo

Enfin, elle étendit ses bras autour du champignon

Por fin, estiró los brazos alrededor de la seta

Et elle cassa un peu les bords

Y rompió un poco los bordes

« Et maintenant, de quel côté est-ce ? » se dit-elle

"Y ahora, ¿qué lado es cuál?", se dijo a sí misma

et elle grignota un peu du mors de la main droite

Y mordisqueó un poco de la parte de la mano derecha

L'instant d'après, elle sentit un violent coup sous son menton

Al momento siguiente sintió un violento golpe debajo de la barbilla

Son menton avait heurté son pied !

¡Su barbilla había golpeado su pie!

Elle fut bien effrayée par ce changement très soudain

Estaba bastante asustada por este cambio tan repentino

Elle rétrécissait très rapidement

Se estaba encogiendo muy rápidamente

Alors elle a rapidement mangé un peu de l'autre morceau de champignon

Así que rápidamente se comió un poco del otro trozo de champiñón

Son menton était très serré contre son pied

Su barbilla estaba muy presionada contra su pie

Il y avait à peine de la place pour ouvrir la bouche

Apenas había espacio para abrir la boca

mais elle parvint enfin à ouvrir la bouche

Pero al fin logró abrir la boca

et elle avala un morceau du mors de la main gauche

Y tragó un bocado del pedazo de la mano izquierda

« Ma tête a enfin été libérée ! » dit Alice

-¡Por fin me han liberado la cabeza! -exclamó Alicia-

Elle baissa les yeux sur elle-même

Se miró a sí misma

mais tout ce qu'elle pouvait voir, c'était une immense longueur de cou

Pero todo lo que podía ver era una inmensa longitud de cuello

Son cou semblait se dresser comme une tige

Su cuello parecía elevarse como un tallo

et elle baissa les yeux sur une mer de feuilles vertes

Y miró hacia abajo sobre un mar de hojas verdes

« Où sont passées mes épaules ? »

—¿A dónde han llegado mis hombros?

« Et oh, mes pauvres mains, comment se fait-il que je ne puisse pas vous voir ? »

"Y oh, mis pobres manos, ¿cómo es que no puedo verte?"
Mais son cou avait un avantage
Pero su cuello tenía un beneficio
Elle pouvait bouger la tête dans n'importe quelle direction
Podía mover la cabeza en cualquier dirección
En fait, elle était comme un serpent
De hecho, era como una serpiente
Elle zigzague gracieusement, la tête baissée
Ella zigzagueó con gracia con la cabeza hacia abajo
et elle remua la tête à travers les arbres
Y movió la cabeza entre los árboles
Mais elle entendit alors un sifflement aigu
Pero entonces oyó un silbido agudo
Et elle tira rapidement la tête en arrière
Y rápidamente echó la cabeza hacia atrás
Un gros pigeon lui avait volé au visage
Una gran paloma había volado hacia su cara
et le pigeon était violemment avec ses ailes
y la paloma se agitó violentamente con sus alas

« Serpent ! » cria le pigeon

-¡Serpiente! -exclamó la paloma-

« Je ne suis pas un serpent ! » dit Alice avec indignation

-¡No soy una serpiente! -exclamó Alicia indignada-

« Laisse-moi tranquille ! »

"¡Déjame en paz!"

« J'ai essayé les racines des arbres »

"He probado las raíces de los árboles"

— Et j'ai essayé des haies, continua le pigeon

—Y he probado setos —prosiguió la paloma—

« Mais ces serpents ! Il n'y a pas moyen de leur plaire !

—¡Pero esas serpientes! ¡No hay forma de complacerlos!"

Alice était de plus en plus perplexe

Alicia estaba cada vez más desconcertada

« Comme si ce n'était pas assez compliqué de faire éclore les œufs », a déclaré le pigeon

-Como si ya fuera bastante trabajo incubar los huevos -dijo la paloma-

« Nuit et jour, je dois aussi faire attention aux serpents ! »

—¡De noche y de día también tengo que estar atento a las serpientes!

« Je venais de trouver l'arbre le plus haut de la forêt »

"Acababa de encontrar el árbol más alto del bosque"

« Je serais sûrement libre des serpents ici ? »

—¿Estaría libre de serpientes aquí?

« Et un serpent sort du ciel ! »

"¡Y sale una serpiente del cielo!"

« Mais je ne suis pas un serpent, je vous le dis ! » dit Alice

-¡Pero yo no soy una serpiente, te lo aseguro! -dijo Alicia-

"Je suis un... Je suis un... Je suis une petite fille, ajouta-t-elle d'un air un peu dubitatif

"Soy un... Soy un... Soy una niña —añadió con cierta duda—

Après tout, elle avait traversé beaucoup de changements

Después de todo, había estado pasando por muchos cambios

« Tu cherches des œufs », dit le pigeon

—Estás buscando huevos —dijo la paloma—

« Je le sais pertinemment »

"Lo sé con certeza"

« Et qu'importe que vous soyez une petite fille ou un serpent ? »

—¿Y qué importa si eres una niña o una serpiente?

— Cela m'importe beaucoup, dit Alice à la hâte

—A mí me importa mucho —dijo Alicia apresuradamente—

« mais je ne cherche pas d'œufs, en l'occurrence »

"pero no estoy buscando huevos, como suele ser"

« et je ne voudrais pas de tes œufs de toute façon »

"Y de todos modos no querría tus huevos"

« Je n'aime pas mes œufs crus »

"No me gustan los huevos crudos"

« Eh bien, allez-vous-en ! » dit le pigeon d'un ton boudeur

-¡Pues váyase! -dijo la paloma en tono malhumorado-

et le pigeon se posa de nouveau dans son nid

Y la paloma se instaló de nuevo en su nido

Alice s'accroupit parmi les arbres du mieux qu'elle put

Alicia se agachó entre los árboles lo mejor que pudo

Son cou ne cessait de s'emmêler parmi les branches

Su cuello no dejaba de enredarse entre las ramas

De temps en temps, elle devait s'arrêter et se tordre le cou

De vez en cuando tenía que detenerse y desenroscar el cuello

Au bout d'un moment, elle se souvint du champignon

Al cabo de un rato se acordó de la seta

Elle tenait toujours les morceaux de champignon dans ses mains

Todavía sostenía los trozos de hongo en sus manos

et elle se mit à l'œuvre avec beaucoup de soin

Y se puso a trabajar con mucho cuidado

D'abord, elle a grignoté un morceau

Primero mordisqueó una pieza

puis elle grignota l'autre morceau

Y luego mordisqueó la otra pieza

Parfois, elle grandissait

A veces crecía

et parfois elle devenait plus petite

y a veces se acortaba

Mais finalement, elle a atteint sa taille habituelle
pero finalmente alcanzó su altura habitual
Elle n'avait pas été de sa taille depuis un certain temps
Hacía tiempo que no era de su estatura
Tout m'a semblé étrange pendant un moment
Así que todo se sintió extraño por un tiempo
« La prochaine chose à faire est d'entrer dans ce beau jardin »
"Lo siguiente que hay que hacer es entrar en ese hermoso jardín"
« Comment cela se fera-t-il, je me demande ? »
—¿Cómo se va a hacer eso, me pregunto?
En disant cela, elle tomba sur un endroit ouvert
Al decir esto, llegó a un lugar abierto
Il y avait une petite maison, un peu plus haute qu'un mètre
Había una casita, un poco más de un metro de altura
« Je me demande qui habite cette petite maison »
"Me pregunto quién vive en esta casita"
« Je ne peux certainement pas y aller aussi grand que je le suis »
"Ciertamente no puedo entrar tan grande como soy"
« Je les effrayerais terriblement ! »
—¡Los asustaría terriblemente!
alors elle grignota à nouveau le petit champignon
Así que volvió a mordisquear el pequeño champiñón
et bientôt elle s'abaissa de trente centimètres
Y pronto bajó treinta centímetros

Un cochon et du poivre

Un cerdo y un poco de pimienta

Pendant une minute ou deux, elle resta à regarder la maison

Durante uno o dos minutos se quedó mirando la casa

Soudain, un valet de pied sortit en courant des bois

De repente, un lacayo salió corriendo del bosque

Il portait un uniforme de livrée spécial

Vestía un uniforme especial

à en juger par son seul visage, elle l'aurait traité de poisson

A juzgar solo por su rostro, ella lo habría llamado pez

et il frappa bruyamment à la porte avec ses jointures

Y golpeó fuertemente la puerta con los nudillos

La porte fut ouverte par un autre valet de pied

La puerta fue abierta por otro lacayo

Ce valet de pied portait également une livrée spéciale

Este lacayo también llevaba una librea especial

Ce valet de pied avait un visage rond et de grands yeux comme une grenouille

Este lacayo tenía una cara redonda y ojos grandes como los de una rana

C'est le valet de pied qui ressemblait à un poisson qui a
initié la cérémonie
El lacayo, que parecía un pez, inició la ceremonia
Il sortit quelque chose de sous son bras
Sacó algo de debajo de su brazo
et il tira de dessous son bras une enveloppe
Y sacó de debajo del brazo un sobre
et cette enveloppe, il la remit à l'autre valet de pied
Y este sobre se lo entregó al otro lacayo
D'un ton cérémoniel, il lui donna les ordres
En tono ceremonioso le comunicó las órdenes
« Ce message s'adresse à la duchesse »
"Este mensaje es para la duquesa"
« Une invitation de la reine à jouer au croquet »
"Una invitación de la reina a jugar al croquet"
Le valet de pied qui ressemblait à une grenouille répéta
l'ordre
El lacayo, que parecía una rana, repitió la orden
« De la reine »
"De la Reina"
« Une invitation »
"Una invitación"
« pour la duchesse »
"para la duquesa"
« Jouer au croquet »
"Jugar al croquet"
Puis ils s'inclinèrent tous les deux
Entonces ambos se inclinaron profundamente
et les boucles de leurs perruques s'emmêlèrent
y los rizos de sus pelucas se enredaron
Bientôt, le valet de pied qui ressemblait à un poisson a
disparu
Pronto el lacayo que parecía un pez se había ido
Mais le valet de pied qui ressemblait à une grenouille était
toujours là
Pero el lacayo que parecía una rana todavía estaba allí
Il était assis par terre près de la porte

Estaba sentado en el suelo, cerca de la puerta

Il regardait bêtement le ciel

Estaba mirando estúpidamente al cielo

Alice s'approcha timidement de la porte et frappa

Alicia se acercó tímidamente a la puerta y llamó

— Il ne sert à rien de frapper, dit le valet de pied

—Es inútil llamar a la puerta —dijo el lacayo—

« Et ce, pour deux raisons »

"Y eso es por dos razones"

« D'abord, parce que je suis du même côté de la porte que toi »

"Primero, porque estoy del mismo lado de la puerta que tú"

« Deuxièmement, parce qu'ils font tellement de bruit à l'intérieur »

"En segundo lugar, porque están haciendo mucho ruido dentro"

« Personne ne pouvait vous entendre »

"Nadie podría escucharte"

Et il y avait certainement un bruit des plus extraordinaires à l'intérieur

Y, ciertamente, había un ruido extraordinario en su interior

des hurlements et des éternuements constants

un aullido y estornudos constantes

et de temps en temps un bruit de grand fracas

y de vez en cuando se oye un gran estruendo

comme si un plat ou une bouilloire avait été brisé en morceaux

como si un plato o una tetera se hubieran roto en pedazos

« Comment vais-je entrer ? » demanda Alice

-¿Cómo voy a entrar? -preguntó Alicia

— Faut-il que tu entres ? dit le valet de pied

—¿Deberías entrar? —dijo el lacayo—

« C'est la première question, vous savez »

"Esa es la primera pregunta, ya sabes"

Alice ouvrit la porte et entra

Alicia abrió la puerta y entró

La porte menait directement à une grande cuisine

La puerta conducía directamente a una gran cocina
La cuisine était pleine de fumée d'un bout à l'autre
La cocina estaba llena de humo de un extremo a otro
au milieu de la cuisine se trouvait la duchesse
en medio de la cocina estaba la duquesa
Elle était assise sur un tabouret à trois pieds
Estaba sentada en un taburete de tres patas
et elle allaitait un bébé
Y ella estaba amamantando a un bebé
Le cuisinier était penché au-dessus du feu
El cocinero estaba inclinado sobre el fuego
Il remuait un grand chaudron
Estaba removiendo un gran caldero
et le chaudron semblait être plein de soupe
y el caldero parecía estar lleno de sopa
« Il y a certainement trop de poivre dans cette soupe ! » Alice se dit
"¡Ciertamente hay demasiada pimienta en esa sopa!" —se dijo Alicia
Elle l'a dit du mieux qu'elle a pu sans éternuer
Lo dijo lo mejor que pudo, sin estornudar
Même la duchesse éternuait de temps en temps
Incluso la duquesa estornudaba de vez en cuando
Mais les actions du bébé étaient les plus remarquables
Pero las acciones del bebé fueron las más notables
Le bébé éternuait et hurlait alternativement
El bebé estornudaba y aullaba alternativamente
Il n'y avait pas un instant de pause entre les hurlements et les éternuements
No hubo un momento de pausa entre aullidos y estornudos
Il y avait deux créatures dans la cuisine qui n'éternuaient pas
Había dos criaturas en la cocina que no estornudaban
Le cuisinier était trop occupé pour éternuer
El cocinero estaba demasiado ocupado para estornudar
et le gros chat ne semblait pas se soucier du poivre
Y al gran gato no pareció importarle el pimiento

Au lieu de cela, le gros chat souriait d'une oreille à l'autre
En cambio, el gran gato sonreía de oreja a oreja
— Pourriez-vous me le dire, s'il vous plaît, dit Alice un peu timidement
-Por favor, ¿podría decírmelo -dijo Alicia, un poco tímidamente-
« Pourquoi ton chat sourit-il comme ça ? »
"¿Por qué tu gato sonríe así?"
« C'est un Cheshire-Cat, » dit la duchesse
-Es un gato de Cheshire -dijo la duquesa-
« Et c'est pourquoi il sourit d'une oreille à l'autre »
"Y por eso está sonriendo de oreja a oreja"
« Je ne savais pas qu'un Cheshire-Cat souriait toujours »
"No sabía que un gato de Cheshire siempre sonreía"
« En fait, je ne savais pas que les chats pouvaient sourire », a déclaré Alice
—De hecho, no sabía que los gatos podían sonreír —dijo Alicia—
— Il y a beaucoup de choses que vous ne savez pas, dit la duchesse
-Hay muchas cosas que no sabes -dijo la duquesa-
« Il y a beaucoup de choses que vous ne savez pas et c'est un fait »
"Hay muchas cosas que no sabes y eso es un hecho"
Juste à ce moment-là, le cuisinier retira le chaudron de soupe du feu
En ese momento, el cocinero retiró el caldero de sopa del fuego
et aussitôt, elle commença à jeter tout ce qui était à sa portée
Y en seguida se puso a tirar todo lo que estaba a su alcance
elle jeta tout ce qu'elle put sur la duchesse et le bébé
arrojó todo lo que pudo a la duquesa y al bebé
D'abord, elle jeta les fers à feu
Primero arrojó los hierros de fuego
Puis elle a jeté une poignée de casseroles
Luego tiró un puñado de cacerolas
et enfin elle jeta les assiettes et les plats

y finalmente tiró los platos y las fuentes
La duchesse ne fit pas attention à elle
La duquesa no le hizo caso
Même lorsqu'elle a été frappée par une assiette, elle ne s'est pas inquiétée
Incluso cuando fue golpeada por un plato, no se preocupó
Le bébé hurlait déjà tellement
El bebé ya estaba aullando tanto
Il était donc impossible de dire si les coups blessaient le bébé ou non
Así que era imposible decir si los golpes lastimaban al bebé o no
« Oh, je vous en prie, faites attention à ce que vous faites ! » s'écria Alice
—¡Oh, por favor, ten cuidado con lo que estás haciendo! — exclamó Alicia—
et elle sautait de haut en bas dans une agonie de terreur
Y saltaba de un lado a otro en una agonía de terror
la duchesse offrit le bébé à Alice
la duquesa le ofreció a Alicia el bebé
« Ici ! Tu peux allaiter un peu le bébé, si tu veux !
"¡Aquí! ¡Puedes amamantar un poco al bebé, si quieres!"
et elle lui lança l'enfant tout en parlant
Y le arrojó al bebé mientras hablaba
« Je dois aller me préparer à jouer au croquet avec la reine »
"Tengo que ir a prepararme para jugar al croquet con la reina"
et elle se hâta de sortir de la chambre
Y se apresuró a salir de la habitación
Alice attrapa le bébé avec quelque difficulté
Alicia atrapó al bebé con cierta dificultad
parce que c'était une petite créature de forme très étrange
porque era una criatura de forma muy extraña
et l'enfant tendit les bras et les jambes dans toutes les directions
Y el bebé extendió los brazos y las piernas en todas direcciones
« Je ferais mieux d'emmener cet enfant avec moi », pensa Alice

«Será mejor que me lleve a este niño conmigo», pensó Alicia

« Ils sont sûrs de tuer ce bébé dans un jour ou deux »

"Seguro que matarán a este bebé en uno o dos días"

« Ne serait-ce pas un meurtre de laisser ce bébé derrière soi ? »

—¿No sería un asesinato dejar atrás a este bebé?

Elle prononça les derniers mots à haute voix

Dijo las últimas palabras en voz alta

Et la petite créature grogna en réponse

Y la cosita gruñó en respuesta

« Tu ferais mieux de ne pas te transformer en cochon, ma chère, » dit Alice

—Será mejor que no te conviertas en un cerdo, querida —dijo Alicia—

« ou alors je n'aurai plus rien à faire avec toi »

"o de lo contrario no tendré nada más que ver contigo"

Alice commençait à peine à penser en elle-même :

Alicia empezaba a pensar para sí misma:

« Maintenant, que vais-je faire de cette créature, quand je la ramène à la maison ? »

"Ahora, ¿qué voy a hacer con esta criatura cuando la lleve a casa?"

Mais alors la petite créature grogna un peu violemment

Pero entonces la pequeña criatura gruñó un poco violentamente

et Alice baissa les yeux sur son visage avec une certaine inquiétude

y Alicia lo miró a la cara con cierta alarma

Cette fois, il ne pouvait y avoir d'erreur à ce sujet

Esta vez no podía haber error al respecto

Ce n'était ni plus ni moins qu'un cochon

No era ni más ni menos que un cerdo

alors elle déposa la petite créature

Así que dejó a la pequeña criatura en el suelo

et la petite créature s'éloigna tranquillement dans le bois

y la pequeña criatura se aleja trotando tranquilamente hacia el bosque

Alice se sentit tout à fait soulagée de voir la créature partir

Alicia se sintió bastante aliviada al ver que la criatura se iba

Alice fut un peu surprise en voyant le Chat-Cheshire

Alicia se sobresaltó un poco al ver al Gato de Cheshire

Il était assis sur une branche d'arbre à quelques mètres de là

Estaba sentado en la rama de un árbol a pocos metros de distancia

Le chat ne sourit que lorsqu'il la vit

El gato solo sonrió cuando la vio

« Chat du Cheshire », commença Alice un peu timidement

—Gato de Cheshire —empezó Alicia, bastante tímidamente—

« Pourriez-vous s'il vous plaît me dire dans quelle direction je dois aller à partir d'ici ? »

—¿Podría decirme, por favor, qué camino debo tomar desde aquí?

« Dans cette direction », dit le chat

—En esa dirección —dijo el gato—

et il agita la patte droite

Y agitó la pata derecha

« C'est dans cette direction que vit un fabricant de chapeaux »

"En esa dirección vive un fabricante de sombreros"

puis le chat agita son autre patte

Y entonces el gato agitó su otra pata

« Et dans cette direction vit un lièvre de marche »

"Y en esa dirección vive una liebre de marzo"

« Visitez l'un ou l'autre de vos goûts ; Ils sont tous les deux fous"

"Visita a cualquiera de los que quieras; los dos están locos"

— Mais je ne veux pas aller parmi des fous, remarqua Alice

—Pero yo no quiero andar entre locos —comentó Alicia—

« Oh, tu ne peux pas t'en empêcher, » dit le Chat

—Oh, no puedes evitarlo —dijo el Gato—

« Nous sommes tous fous ici »

"Aquí estamos todos locos"

« Tu joues au croquet avec la reine aujourd'hui ? »

"¿Vas a jugar al croquet con la reina hoy?"

— J'aimerais beaucoup, dit Alice

—Me gustaría mucho —dijo Alicia—

« mais je n'ai pas encore été invité »

"pero todavía no me han invitado"

« Tu me verras là-bas », dit le Chat

—Allí me verás —dijo el Gato—

et d'un instant à l'autre le chat disparaissait

Y de un momento a otro el gato desapareció

bientôt Alice arriva en vue de la maison du lièvre de marche

pronto Alicia llegó a la vista de la casa de la liebre de marzo

C'était une très grande maison

Era una casa muy grande

alors Alice ne voulait pas s'approcher de la maison

así que Alicia no quiso acercarse a la casa

D'abord, elle a dû grignoter un peu plus du morceau de champignon du côté gauche

Primero tuvo que mordisquear un poco más del trozo de champiñón del lado izquierdo

Un thé fou

Una fiesta de té loca

Devant la maison, il y avait un arbre

Delante de la casa había un árbol

et sous l'arbre, il y avait une table

y debajo del árbol había una mesa

et la table était dressée avec toutes sortes de couverts

y la mesa estaba puesta con toda clase de cubiertos

Le lièvre de mars et le chapelier étaient à table

La Liebre de Marzo y el Sombrerero estaban sentados a la mesa

et ensemble ils prenaient le thé

y juntos estaban tomando el té

Un loir était assis entre eux

Un lirón estaba sentado entre ellos

et le loir dormait profondément

y el lirón se durmió profundamente

La table était d'une taille extraordinaire

La mesa era de un tamaño extraordinario

mais la majeure partie de la table était inoccupée

Pero la mayor parte de la mesa estaba desocupada

Ils étaient assis serrés les uns contre les autres dans un coin de la table

Se sentaron apiñados en una esquina de la mesa

et pourtant ils s'excusaient quand ils voyaient Alice

y, sin embargo, se excusaban cuando veían a Alicia

« Pas de place ! Pas de place ! » crièrent-ils

"¡No hay espacio! ¡No hay lugar!", gritaron

« Il y a beaucoup de place ! » dit Alice avec indignation

-¡Hay sitio de sobra! -exclamó Alicia indignada-

À l'une des extrémités de la table, il y avait un grand fauteuil

En un extremo de la mesa había un gran sillón

et Alice s'assit dans le fauteuil

y Alicia se sentó en el sillón

Le chapelier ouvrit de grands yeux

El sombrerero abrió mucho los ojos

Il n'arrivait pas à croire ce qu'il voyait
No podía creer lo que estaba viendo
Mais son esprit était curieux d'autres choses
Pero su mente tenía curiosidad por otras cosas
« Pourquoi un corbeau est-il comme un bureau ? »
—¿Por qué un cuervo es como un escritorio?
Alice était prête à relever le défi
Alicia estaba abierta al reto
« Je suis content qu'ils aient commencé à poser des
énigmes »
"Me alegro de que hayan empezado a hacer adivinanzas"
— Je crois que je peux le deviner, ajouta-t-elle à haute voix
—Creo que puedo adivinarlo —añadió en voz alta—
Le lièvre de mars s'est curieux de connaître Alice
La liebre de marzo sintió curiosidad por Alicia
« Pensez-vous vraiment que vous pouvez trouver la réponse
? »
"¿De verdad crees que puedes encontrar la respuesta?"
— Je crois que je peux trouver la réponse, en effet, dit Alice
—Creo que puedo encontrar la respuesta —dijo Alicia—
« Alors, tu devrais dire ce que tu veux dire », continua le
lièvre de marche
—Entonces deberías decir lo que quieres decir —prosiguió la
liebre de la marcha—
— Je dis ce que je pense, répondit vivement Alice
—Digo lo que quiero decir —respondió Alicia
apresuradamente—
« à tout le moins, je pense ce que je dis »
"por lo menos quiero decir lo que digo"
« C'est la même chose, vous savez »
"Es lo mismo, ¿sabes?"
Le loir a également contribué à la conversation
El lirón también contribuyó a la conversación
mais le loir semblait parler dans son sommeil
Pero el lirón parecía estar hablando en sueños
« Je respire quand je dors »
"Respiro cuando duermo"

« Je dors quand je respire ! »
"¡Duermo cuando respiro!"
« Autant dire qu'ils sont les mêmes aussi »
"Bien podría decirse que también son lo mismo"
« C'est la même chose pour toi », dit le chapelier
-A ti te pasa lo mismo -dijo el sombrerero-
Et il versa un peu de thé sur le nez du loir
Y echó un poco de té en la nariz del lirón
Le Loir secoua la tête avec impatience
El Lirón sacudió la cabeza con impaciencia
et le loir parla de nouveau, sans ouvrir les yeux
Y volvió a hablar el Lirón, sin abrir los ojos
« Bien sûr, bien sûr que c'est la même chose »
"Por supuesto, por supuesto que es lo mismo"
« C'est juste ce que j'allais dire moi-même »
"eso es justo lo que iba a decir yo mismo"

**Le chapelier se tourna vers Alice et lui posa une autre
question**

El sombrerero se volvió hacia Alicia y le hizo otra pregunta

« As-tu déjà deviné l'énigme ? »

—¿Ya has adivinado el enigma?

« Non, j'abandonne », a concédé Alice

—No, me rindo —concedió Alicia—

« Quelle est la réponse ? » voulait-elle savoir

"¿Cuál es la respuesta?", quiso saber

— Je n'en ai pas la moindre idée, dit le chapelier

—No tengo la menor idea —dijo el sombrerero—

« Moi non plus, » dit le lièvre de marche

-Ni yo lo sé -dijo la liebre-

Alice poussa un soupir de lassitude

Alicia dio un suspiro de cansancio

**« Il y a de meilleures utilisations du temps que des énigmes
sans réponses »**

"Hay mejores usos del tiempo que los enigmas sin respuestas"

**« Prends encore du thé », dit le lièvre de marche à Alice, très
sérieusement**

-¡Toma un poco más de té! -dijo la liebre a Alicia, muy
seriamente-

Alice était assez offensée par l'offre

Alicia se sintió bastante ofendida por la oferta

— Je n'ai pas encore pris de thé, répondit Alice

—Todavía no he tomado el té —respondió Alicia—

« donc je ne peux plus prendre de thé »

"por lo tanto, no puedo tomar más té"

**— Vous voulez dire que vous ne pouvez pas prendre moins
de thé, dit le chapelier**

—Quieres decir que no puedes tomar menos té —dijo el
sombrerero—

« C'est très facile de prendre plus que rien »

"Es muy fácil llevarse más que nada"

À ces mots, Alice se leva et s'en alla

Al oír esto, Alicia se levantó y se marchó

Le loir s'endormit instantanément

El lirón se durmió al instante
et ni l'un ni l'autre ne firent la moindre attention à son départ
y ninguno de los otros hizo la menor atención de que ella se fuera
bien qu'elle ait regardé en arrière une ou deux fois
aunque miró hacia atrás una o dos veces
Ils essayaient de mettre le loir dans la théière
Intentaban meter el lirón en la tetera
« En tout cas, je n'y retournerai plus ! » dit Alice
-De todos modos, ¡no volveré a ir allí! -dijo Alicia-
et elle se fraya un chemin à travers les bois
Y ella caminó su camino a través del bosque
« c'était le thé le plus stupide auquel j'aie jamais assisté »
"Esa fue la fiesta del té más estúpida a la que he ido en mi vida"
Juste au moment où elle disait cela, elle remarqua quelque chose
Justo cuando dijo esto, notó algo
L'un des arbres avait une porte qui y menait directement
Uno de los árboles tenía una puerta que daba directamente a él
« C'est très intéressant ! » a-t-elle pensé
"¡Eso es muy interesante!", pensó
« Je pense que je peux aussi bien passer la porte »
"Creo que es mejor que pase por la puerta"
Et elle passa par la porte
Y entró por la puerta
Une fois de plus, elle se retrouva dans le long couloir
Una vez más se encontró en el largo pasillo
de nouveau, elle était près de la petite table de verre
De nuevo estaba cerca de la mesita de cristal
Elle prit la petite clé d'or
Ella tomó la pequeña llave de oro
et elle ouvrit la porte qui donnait sur le jardin
Y abrió la puerta que daba al jardín
Puis elle s'est mise au travail pour grignoter le champignon

Luego se puso manos a la obra mordisqueando el hongo

Elle avait gardé un morceau du champignon dans sa poche

Había guardado un trozo de la seta en el bolsillo

Et finalement, elle mesurait environ un mètre

Y, por último, medía alrededor de un metro de altura

Puis elle descendit le petit couloir

Luego caminó por el pequeño pasillo

Et puis elle s'est finalement retrouvée dans le magnifique jardin

Y entonces finalmente se encontró en el hermoso jardín

et elle était parmi les fleurs brillantes et les fontaines fraîches

y ella estaba entre la flor brillante y las fuentes frescas

Le terrain de croquet de la reine

El campo de croquet de la reina

Un grand rosier se dressait près de l'entrée du jardin

Un gran rosal se alzaba cerca de la entrada del jardín

Les roses qui poussaient sur l'arbre étaient blanches

Las rosas que crecían en el árbol eran blancas

Mais il y avait trois jardiniers qui peignaient la rose

Pero había tres jardineros pintando la rosa

Ils étaient occupés à peindre les roses en rouge

Estaban ocupados pintando las rosas de rojo

et Alice les regardait peindre les roses en rouge

y Alicia los miraba pintar las rosas de rojo

et soudain leurs yeux tombèrent par hasard sur Alice

y de repente sus ojos se posaron por casualidad en Alicia

Alice parlait un peu timidement

Alicia habló un poco tímidamente

« Pourriez-vous me le dire, s'il vous plaît ? »

—¿Podría decírmelo, por favor?

« Pourquoi peignez-vous tous ces roses ? »

"¿Por qué están pintando todas esas rosas?"

cinq et sept ne dirent rien, mais regardèrent deux

Cinco y siete no dijeron nada, pero miraron a dos

deux d'entre eux parlèrent à voix basse

Dos hablaron, en voz baja

— Eh bien, le fait est, voyez-vous, madame.

"Vaya, el hecho es que ya lo ve, señora"

« Celui-ci aurait dû être un rosier rouge »

"Esto de aquí debería haber sido un rosal rojo"

« Et nous avons mis un rosier blanc par erreur »

"Y pusimos un rosal blanco por error"

« Comme vous en conviendrez, la reine ne doit pas le découvrir »

"Como estarás de acuerdo, la Reina no debe enterarse"

« Sinon, nous aurions tous la tête tranchée »

"De lo contrario, nos cortarían la cabeza a todos"

« Alors vous voyez, madame, nous faisons de notre mieux »

"Así que ya ve, señora, estamos haciendo lo mejor que

podemos"
La cinquième carte avait regardé anxieusement à travers le jardin
La Carta Cinco había estado mirando ansiosamente a través del jardín
À ce moment, la cinquième carte cria : « La dame ! La reine !
En ese momento, la carta cinco gritó: "¡La reina! ¡La reina!"
Et les trois jardiniers s'enfuirent aussitôt
Y los tres jardineros se escabulleron al instante
et ils se jetèrent à plat ventre
Y se arrojaron de bruces
Il y eut un bruit de nombreux pas
Se oyó el sonido de muchos pasos
Alice regarda autour d'elle, impatiente de voir la reine
Alicia miró a su alrededor, ansiosa por ver a la reina
Au début de la procession se trouvaient dix soldats
Al comienzo de la procesión había diez soldados
leurs mains et leurs pieds étaient dans les coins
Sus manos y pies estaban en las esquinas
et dans leurs mains et leurs pieds étaient des massues
y en sus manos y pies había garrotes
Venaient ensuite les dix courtisans
Luego vinieron los diez cortesanos
Les courtisans étaient partout ornés de diamants
Los cortesanos estaban adornados con diamantes
Après les courtisans sont venus les enfants royaux
Después de los cortesanos venían los hijos reales
Il y avait dix enfants royaux
Eran diez los hijos de la realeza
et tous les enfants royaux étaient ornés de cœurs
y todos los niños reales estaban adornados con corazones
Venaient ensuite les invités ; principalement des rois et des reines
Luego vinieron los invitados; en su mayoría reyes y reinas
et parmi les rois et la reine, Alice vit quelqu'un
y entre los reyes y la reina, Alicia vio a alguien
Elle revit le lapin blanc qu'elle avait chassé

Volvió a ver al conejo blanco que había perseguido

Le cortège était suivi par le valet de cœur

La procesión fue seguida por la sota de los corazones

Il portait la couronne du roi

Llevaba la corona del rey

et la couronne du roi était sur un coussin de velours cramoisi

y la corona del rey estaba sobre un cojín de terciopelo carmesí

Et puis vint la fin de ce grand cortège

Y entonces llegó el final de esta gran procesión

Et là, à la fin, il y avait le Roi et la Reine de Cœur

Y allí, al final, estaban el Rey y la Reina de Corazones

le cortège arriva en face d'Alice

la procesión venía frente a Alicia

et ils s'arrêtèrent tous et la regardèrent

Y todos se detuvieron y la miraron

et la reine dit sévèrement : « Qui est-ce ? »

Y la reina dijo severamente: "¿Quién es éste?"

Elle l'a dit au Valet de Cœur

Se lo dijo a la Sota de Corazones

Mais il s'est contenté de s'incliner et de sourire en réponse

Pero él se limitó a hacer una reverencia y a sonreír en respuesta

Alice parla très poliment

Alicia habló muy cortésmente

« Je m'appelle Alice, alors faites plaisir à Votre Majesté »

"Mi nombre es Alicia, así que por favor, su majestad"

Mais elle avait d'autres pensées pour elle-même

Pero ella tenía otros pensamientos para sí misma

« Ce n'est qu'un jeu de cartes, après tout ! »

"¡Después de todo, son solo un mazo de cartas!"

« Savez-vous jouer au croquet ? » cria la reine

"¿Sabes jugar al croquet?", gritó la reina

La question était évidemment destinée à Alice

Era evidente que la pregunta iba dirigida a Alicia

— Oui ! dit Alice d'une voix forte

-¡Sí! -dijo Alicia en voz alta-

« Venez jouer alors ! » rugit la reine

—¡Ven a jugar! —rugió la reina—
une voix timide s'adressa à Alice
una voz tímida le habló a Alicia
« C'est une très belle journée ! »
"¡Es un día muy hermoso!"
Elle se promenait près du lapin blanc
Caminaba junto al conejo blanco
et le Lapin Blanc jetait un coup d'œil anxieux sur son visage
y el Conejo Blanco la miraba ansiosamente a la cara
« Une très belle journée, en effet, confirma Alice
—Un día muy bueno —confirmó Alicia—
« Où est la duchesse ? »
—¿Dónde está la duquesa?
« Chut ! Chut ! dit le Lapin
"¡Silencio! ¡Silencio!", dijo el Conejo
« Elle est sous le coup d'une sentence d'exécution »
"Está condenada a muerte"
« Pourquoi est-elle exécutée ? » demanda Alice
—¿Por qué la ejecutan? —preguntó Alicia
« Elle a éraflé les oreilles de la reine », commença le lapin
—Le ha rayado las orejas a la reina —empezó a decir el
conejo—
cria la reine d'une voix de tonnerre
—gritó la Reina con voz de trueno—
« Retournez à vos endroits ! »
"¡Vayan a sus lugares!"
et les gens se mirent à courir dans toutes les directions
Y la gente empezó a correr en todas direcciones
et ils tombèrent tous les uns contre les autres
y todos tropezaron unos con otros
Cependant, ils se sont calmés en une minute ou deux
Sin embargo, se calmaron en uno o dos minutos
Et puis le jeu a commencé
Y entonces comenzó el juego
Alice n'avait jamais vu un terrain de croquet aussi curieux
Alicia nunca había visto un campo de croquet tan curioso
L'herbe n'était que crêtes et sillons

La hierba era todo crestas y surcos
Les boules de croquet étaient de vrais hérissons
Las bolas de croquet eran erizos de verdad
Et les maillets étaient de vrais flamants roses
y los mazos eran flamencos de verdad
et les soldats se tinrent sur leurs mains et leurs pieds
Y los soldados se pusieron de pie sobre sus manos y sus pies
Parce que les arches ont été faites à partir de leurs corps
porque los arcos estaban hechos de sus cuerpos
Les joueurs ont tous joué en même temps
Todos los jugadores jugaron a la vez
Personne n'attendait son tour
Nadie esperó su turno
et tout le monde se querellait avec tout le monde
y todos se peleaban con todos
et tous se battaient pour les hérissons
y todos luchaban por los erizos
Bientôt, la reine fut dans une colère furieuse
Pronto la reina se vio presa de una furiosa pasión
et elle s'est mise à piétiner et à crier
Y empezó a patalear y a gritar
« Coupez-lui la tête ! »
"¡Córtale la cabeza!"
« Coupez-lui la tête ! »
"¡Córtale la cabeza!"
« Coupez-leur la tête ! »
"¡Córtale la cabeza a todos!"
De nouveau, Alice pensa en elle-même
De nuevo Alicia pensó para sí misma
« Ils sont affreusement friands de décapiter les gens ici »
"Son terriblemente aficionados a decapitar a la gente aquí"
« Ce qui est très étonnant, c'est qu'il reste quelqu'un en vie !
»
"¡La gran maravilla es que quede alguien vivo!"
Elle cherchait un moyen de s'échapper
Buscaba alguna vía de escape
Elle remarqua une curieuse apparition dans l'air

Notó una curiosa apariencia en el aire

« C'est le chat du Cheshire », se dit-elle

«Es el gato de Cheshire», se dijo a sí misma

« maintenant j'aurai quelqu'un à qui parler »

"Ahora tendré a alguien con quien hablar"

« Comment vas-tu ? » dit le chat

—¿Cómo te va? —preguntó el gato

« Je ne pense pas qu'ils jouent du tout équitablement », a déclaré Alice

—No creo que jueguen nada limpio —dijo Alicia—

et elle avait un ton plutôt plaintif

Y tenía un tono bastante quejumbroso

« Ils se querellent tous si affreusement »

"Todos se pelean tan terriblemente"

« On ne s'entend pas parler »

"Uno no se oye hablar"

« Et ils ne semblent pas jouer selon des règles »

"Y no parecen jugar con ninguna regla"

le chat a posé une question à Alice à voix basse

el gato le hizo una pregunta a Alicia en voz baja

« Comment aimez-vous la reine ? »

—¿Qué te parece la reina?

— Je ne l'aime pas du tout, dit Alice

—No me gusta nada —dijo Alicia—

Alice pensa qu'elle ferait aussi bien d'y retourner
Alicia pensó que sería mejor que volviera
Elle voulait voir comment le match se passait
Quería ver cómo iba el partido
Elle est partie à la recherche de son hérisson
Se fue en busca de su erizo
Le hérisson était occupé à combattre un autre hérisson
El erizo estaba ocupado luchando contra otro erizo
C'était une excellente occasion
Esta fue una excelente oportunidad
Elle pouvait croquer un hérisson avec l'autre
Podía hacer croquet a un erizo con el otro
Mais son flamant rose était de l'autre côté du jardin
Pero su flamenco estaba al otro lado del jardín
Le flamant rose était plutôt maladroit
El flamenco era bastante torpe
Son flamant rose essayait de s'envoler dans un arbre
Su flamenco intentaba volar hacia un árbol
Elle attrapa le flamant rose par la patte
Atrapó al flamenco por la pierna
Et elle glissa le flamant rose sous son bras
Y guardó el flamenco bajo el brazo
De cette façon, le flamant rose ne pouvait plus s'échapper
De esa manera, el flamenco no pudo escapar de nuevo
Juste à ce moment-là, Alice rencontra la duchesse
Justo en ese momento Alicia se encontró con la duquesa
La duchesse était maintenant sortie de prison
La duquesa ya había salido de la cárcel
Elle glissa affectueusement son bras sous celui d'Alice
Metió cariñosamente su brazo bajo el brazo de Alicia
puis ils sont partis ensemble
Y luego se fueron juntos
Alice était très heureuse de la trouver d'une humeur si agréable
Alicia se alegró mucho de encontrarla de tan buen humor
Elle était cependant un peu surprise

Sin embargo, estaba un poco asustada
Elle entendit la voix de la duchesse près de son oreille
Oyó la voz de la duquesa cerca de su oído
« Tu penses à quelque chose, ma chérie »
"Estás pensando en algo, querida"
« Et ça fait oublier de parler »
"Y eso hace que te olvides de hablar"
« Le jeu se passe un peu mieux maintenant », a déclaré Alice
—El juego va bastante mejor ahora —dijo Alicia—
C'était une façon de poursuivre la conversation
Era una forma de mantener la conversación
— C'est vrai, dit la duchesse
-Así es -dijo la duquesa-
« Et la morale de cela est la suivante : »
"Y la moraleja de eso es esta:"
« C'est l'amour qui fait tout ! »
"¡Es el amor el que lo hace todo!"
« L'amour est ce qui fait tourner le monde »
"El amor es lo que hace que el mundo gire"
Alice avait une autre explication
Alicia tenía otra explicación
**« C'est fait par tout le monde qui s'occupe de ses propres
affaires ! »**
"¡Lo hace todo el mundo ocupándose de sus propios asuntos!"
— Ah ! Vous pourriez avoir raison"
—¡Ah, bueno! Podrías tener razón"
**— Tout cela signifie à peu près la même chose, dit la
duchesse**
-Todo significa lo mismo -dijo la duquesa-
et elle enfonça son petit menton pointu dans l'épaule d'Alice
y hundió su afilada barbilla en el hombro de Alicia
« Et la morale de cela est la suivante »
"Y la moraleja de eso es esta"
« Prendre soin du sens »
"Cuida el sentido"
« Et puis les sons prendront soin d'eux-mêmes »
"Y entonces los sonidos se encargarán de sí mismos"

Mais alors le bras de la duchesse se mit à trembler
Pero entonces el brazo de la duquesa empezó a temblar
Alice leva les yeux et la reine se tenait là
Alicia alzó la vista y allí estaba la reina
La reine avait les bras croisés
La reina tenía los brazos cruzados
Et elle fronçait les sourcils comme un orage !
¡Y ella fruncía el ceño como una tormenta eléctrica!
« Je vous préviens », cria la reine
—Te advierto —gritó la reina—
et elle piétina le sol tout en parlant
Y pisoteó el suelo mientras hablaba
« Soit ta tête, soit sa tête doit être coupée »
"O tu cabeza o la suya deben estar cortadas"
« Faites votre choix ! »
"¡Toma tu decisión!"
« Et soyez rapide à ce sujet »
"Y ser rápido al respecto"
La duchesse fait son choix
La duquesa hizo su elección
et au bout d'un instant la duchesse avait disparu
Y al cabo de un instante la duquesa se fue
Puis la reine s'adressa à Alice
Entonces la reina le habló a Alicia
« Continuons le jeu »
"Sigamos con el juego"
Alice était trop effrayée pour dire un mot
Alicia estaba demasiado asustada para decir una palabra
et elle la suivit lentement jusqu'au terrain de croquet
Y la siguió lentamente hasta el campo de croquet
Pendant tout ce temps, la reine s'est querellée avec les autres joueurs
Todo el tiempo la Reina se peleó con los otros jugadores
« Coupez-lui la tête ! »
"¡Córtale la cabeza!"
« Coupez-lui la tête ! »
"¡Córtale la cabeza!"

« Coupez-leur la tête ! »
"¡Córtale la cabeza a todos!"
Bientôt, tous les joueurs ont été en garde à vue
Pronto todos los jugadores estaban bajo custodia
il ne restait que le roi, la reine et Alice
solo quedaron el rey, la reina y Alicia
Puis la reine s'en alla, tout à fait essoufflée
Entonces la reina se marchó, casi sin aliento
et elle s'en alla avec Alice
y se fue con Alicia
Alice entendit le roi dire quelque chose
Alicia oyó que el rey decía algo en voz baja
« Vous êtes tous pardonnés »
"Estáis todos perdonados"
Mais soudain, un autre cri se fit entendre
Pero de repente se oyó otro grito
« Le procès commence ! »
"¡El juicio está comenzando!"
et Alice courut avec les autres
y Alicia corrió con los demás

Qui a volé les tartes ?

¿Quién robó las tartas?

Le roi et la reine de cœur étaient assis

El rey y la reina de corazones estaban sentados

ils étaient sur leur trône quand Alice arriva

estaban en su trono cuando llegó Alicia

Il y avait une grande foule rassemblée autour d'eux

Había una gran multitud reunida a su alrededor

Il y avait toutes sortes de petits oiseaux et de bêtes

Había todo tipo de pajaritos y bestias

Et il y avait tout le paquet de cartes

Y allí estaba toda la baraja de cartas

Le coquin se tenait devant eux, enchaîné

La sota estaba de pie frente a ellos, encadenada

et il y avait un soldat de chaque côté pour le garder

y había un soldado a cada lado para custodiarlo

près du roi était le lapin blanc

cerca del Rey estaba el conejo blanco

Il avait une trompette dans une main

Tenía una trompeta en una mano

et il y avait un rouleau de parchemin dans l'autre main

y tenía un rollo de pergamino en la otra mano

Au milieu de la cour se trouvait une table

En el centro del patio había una mesa

Sur la table, il y avait un grand plat de tartes

Sobre la mesa había un gran plato de tartas

« J'aimerais qu'ils fassent le procès », pensa Alice

«Ojalá hicieran el juicio», pensó Alicia

« Alors nous pourrions manger quelques-uns de ces rafraîchissements ! »

—¡Entonces podríamos comer algunos de esos refrescos!

Le juge, soit dit en passant, était le roi
El juez, por cierto, era el rey
et il portait sa couronne sur sa grande perruque
y llevaba su corona sobre su gran peluca
« C'est le banc des jurés, pensa Alice
«Ésa es la tribuna del jurado», pensó Alicia
« Et ces douze créatures, je suppose qu'elles sont les jurés »
"Y esas doce criaturas, supongo que son los miembros del jurado"
certains étaient des animaux, et d'autres étaient des oiseaux
algunos eran animales y otros eran pájaros
Juste à ce moment-là, le lapin blanc a crié
En ese momento el conejo blanco gritó
« Silence dans la cour ! »
"¡Silencio en la corte!"
« Héraut, lisez l'accusation ! » dit le roi
"¡Heraldo, lee la acusación!", dijo el rey
Le lapin blanc souffla trois coups de trompette

El Conejo Blanco tocó tres veces la trompeta
Puis il déroula le parchemin
Luego desenrolló el rollo de pergamino
Et il a lu ce qui suit :
Y leyó lo siguiente:
« La reine de cœur, elle a fait des tartes, »
"La reina de corazones, hizo unas tartas"
« Tout cela, elle l'a fait un jour d'été »
"Todo esto lo hizo en un día de verano"
« Le valet de cœur, il a volé ces tartes »
"La sota de los corazones, robó esas tartas"
« Et il a emporté ces tartes loin ! »
—¡Y se llevó esas tartas muy lejos!
« Appelez le premier témoin », dit le roi
—Llama al primer testigo —dijo el rey—
et le lapin blanc souffla trois coups de trompette
y el conejo blanco tocó tres veces la trompeta
« Amenez le premier témoin ! » cria-t-il
"¡Traigan al primer testigo!", gritó
Le premier témoin était le chapelier
El primer testigo fue el sombrerero
Il entra avec une tasse de thé dans une main
Entró con una taza de té en una mano
et il avait un morceau de pain et de beurre dans l'autre main
Y tenía un pedazo de pan con mantequilla en la otra mano
« Tu aurais dû finir », dit le roi
—Tendrías que haber terminado —dijo el rey—
« Quand avez-vous commencé ? »
—¿Cuándo empezaste?
Le chapelier regarda le lièvre de marche
El sombrerero miró a la liebre de marcha
Le lièvre de marche l'avait suivi dans la cour
La Liebre de Marzo lo había seguido hasta el patio
Il avait marché bras dessus bras dessous avec le loir
Había caminado del brazo del lirón
« Le quatorzième mars, je crois, dit-il
—El catorce de marzo, creo que fue —dijo—

« Rendez votre témoignage », dit le roi

—Da tu testimonio —dijo el rey—

« Et ne sois pas nerveux, ou je te ferai exécuter sur-le-champ »

"Y no te pongas nervioso, o te haré ejecutar en el acto"

Cela n'a pas semblé encourager du tout le témoin

Esto no pareció animar en absoluto al testigo

Il n'arrêtait pas de se déplacer d'un pied sur l'autre

Seguía moviéndose de un pie al otro

et il regarda la reine avec inquiétude

Y miró inquieto a la reina

et, dans sa confusion, il mordit un gros morceau de sa tasse de thé

Y, en su confusión, mordió un gran trozo de su taza de té

En réalité, il voulait croquer dans son pain et son beurre

En realidad, tenía la intención de morder de su pan y mantequilla

Juste à ce moment, Alice éprouva une sensation très curieuse

Justo en ese momento, Alicia sintió una sensación muy curiosa

Elle commençait à grossir à nouveau

Empezaba a crecer de nuevo

Le misérable chapelier laissa tomber sa tasse de thé

Al miserable sombrerero se le cayó la taza de té

et le pain et le beurre tombèrent à terre

y el pan y la mantequilla cayeron al suelo

et il mit un genou à terre

Y cayó sobre una rodilla

« Je suis un pauvre homme, Votre Majesté », a-t-il commencé

—Soy un pobre hombre, majestad —comenzó—

« Vous êtes un bien mauvais orateur, » dit le roi

—Eres un orador muy malo —dijo el rey—

« Tu peux y aller, » dit le roi

—Puedes irte —dijo el rey—

et le chapelier quitta précipitamment la cour

Y el sombrerero abandonó apresuradamente el patio

« Appelez le témoin suivant ! » dit le roi

—¡Llama al próximo testigo! —dijo el rey—

Le témoin suivant fut le cuisinier de la duchesse
El siguiente testigo fue el cocinero de la duquesa
Elle portait la poivrière à la main
Llevaba la caja de pimienta en la mano
et les gens près de la porte se mirent à éternuer tout à coup
Y la gente que estaba cerca de la puerta empezó a estornudar
de repente
« Rendez votre témoignage », dit le roi
—Da tu testimonio —dijo el rey—
— Je ne donnerai aucun témoignage, dit le cuisinier
-No daré ninguna prueba -dijo el cocinero-
Le roi regarda anxieusement le lapin blanc
El rey miró ansiosamente al conejo blanco
Et le lapin blanc parlait d'une voix douce
Y el conejo blanco habló en voz baja
« Votre Majesté doit contre-interroger ce témoin »
"Su Majestad debe interrogar a este testigo"
« Eh bien, s'il le faut, il le faut, » dit le roi
"Bueno, si debo, debo", dijo el rey
« De quoi sont faites les tartes ? »
"¿De qué están hechas las tartas?"
**« Les tartes sont faites de poivre, principalement », a déclaré
le cuisinier**
—Las tartas están hechas de pimienta, en su mayoría —dijo el
cocinero—
**Pendant quelques minutes, toute la cour fut dans la
confusion**
Durante algunos minutos, toda la corte estuvo en confusión
Finalement, ils se sont tous calmés
Con el tiempo, todos se calmaron de nuevo
Mais à ce moment-là, le cuisinier avait disparu
Pero para entonces el cocinero había desaparecido
« N'importe ! » dit le roi
"¡No importa!", dijo el rey
« Appel à la barre du prochain témoin »
"Llamar al estrado al próximo testigo"
Alice regarda le lapin blanc qui tâtonnait sur la liste

Alicia observó al conejo blanco mientras él repasaba a tientas la lista
Vous pouvez imaginer sa surprise à ce qu'elle a entendu ensuite
Puedes imaginar su sorpresa por lo que escuchó a continuación
à tue-tête de sa petite voix aiguë, il appela le nom « Alice ! »
con su vocecita estridente, llamó el nombre de «¡Alicia!»

Le témoignage d'Alice
La evidencia de Alicia

« Ici ! » s'écria Alice
-¡Aquí! -exclamó Alicia-
Elle se leva d'un bond en toute hâte
Se levantó de un salto a toda prisa
et elle renversa le banc des jurés
Y volcó el estrado del jurado
et elle renversa tous les jurés
y derribó a todos los miembros del jurado
et ils tombèrent sur la tête de la foule en bas
y cayeron sobre las cabezas de la muchedumbre de abajo
Alice était dans un grand désarroi
Alicia estaba muy consternada
« Oh ! je vous demande pardon ! » s'écria-t-elle
"¡Oh, le ruego que me perdone!", exclamó
« Le procès ne peut pas avoir lieu », dit le roi
—El juicio no puede continuar —dijo el rey—
« Les jurés doivent retourner à leur place »
"Los miembros del jurado deben volver a ocupar su lugar"
Il répéta l'ordre avec beaucoup d'emphase
Repitió la orden con gran énfasis
et il regarda Alice d'un air sévère
y miró a Alicia con severidad
« Que savez-vous de ces événements ? » demanda le roi à Alice
—¿Qué sabe usted de estos acontecimientos? —preguntó el rey a Alicia
— Je ne sais rien à ce sujet, dit Alice
—No sé nada sobre el tema —dijo Alicia—
Le roi lut ensuite un extrait de son livre
Entonces el rey leyó de su libro
« Règle quarante-deux »
"Regla cuarenta y dos"
« Toutes les personnes de plus d'un kilomètre de haut doivent quitter le tribunal »
"Todas las personas que tengan más de una milla de altura

deben abandonar el tribunal"

« Je ne suis pas à un mille de haut, » dit Alice

—No mido ni una milla de altura —dijo Alicia—

« Près de deux milles de haut », dit la reine

—Casi dos millas de altura —dijo la Reina—

— Eh bien, je refuse d'y aller, dit Alice

—Bueno, me niego a ir —dijo Alicia—

Le roi pâlit

El rey palideció

et il ferma précipitamment son carnet

Y cerró apresuradamente su cuaderno de notas

« Considérez votre verdict », a-t-il dit au jury

"Consideren su veredicto", le dijo al jurado

Il parlait d'une voix basse et tremblante

Habló en voz baja y temblorosa

Puis le lapin blanc prit la parole

Entonces habló el conejo blanco

« Il y a encore plus de preuves à venir »

"Todavía hay más pruebas por venir"

et il se leva d'un bond en toute hâte

Y se levantó de un salto a toda prisa

« Ce papier vient d'être retiré »
"Este papel acaba de ser recogido"
« On dirait que c'est une lettre écrite par le prisonnier »
"Parece ser una carta escrita por el prisionero"
Il déplia le papier tout en parlant
Desdobló el papel mientras hablaba
« Ce n'est pas une lettre, après tout »
"Al fin y al cabo, no es una carta"
« Ce que c'était, c'était un ensemble de versets »
"Lo que era era un conjunto de versos"
« S'il vous plaît, Votre Majesté », dit le coquin
—Por favor, majestad —dijo el bribón—
« Je n'ai pas écrit ces vers »
"Yo no escribí esos versos"
« et ils ne peuvent pas prouver que j'ai écrit quoi que ce soit »
"y no pueden probar que yo escribí nada"
« Il n'y a pas de nom signé à la fin »
"No hay ningún nombre firmado al final"
Le roi parla au fripon
El rey le habló a la sota
« Vous avez dû vouloir causer des méfaits »
"Debes haber tenido la intención de causar algún daño"
« Sinon, tu aurais signé ton nom comme un honnête homme »
"De lo contrario, habrías firmado con tu nombre como un hombre honrado"
Il y eut un claquement général de mains
Hubo un aplauso general
Et le roi se tourna vers le lapin blanc
Y el rey se volvió hacia el conejo blanco
« Lisez les vers », ordonna-t-il
—Lee los versos —ordenó—
Il y eut un silence de mort dans la cour
Hubo un silencio sepulcral en la corte
et le lapin blanc lut les versets
Y el conejo blanco leyó los versos

Ils m'ont dit que vous étiez allé chez elle
Me dijeron que habías estado con ella
Et ils lui parlèrent de moi
Y me mencionaron a él
Elle m'a donné un bon caractère
Ella me dio un buen carácter
Mais elle a dit que je ne savais pas nager
Pero ella dijo que yo no sabía nadar
Il leur a fait savoir que je n'étais pas parti
Les mandó decir que yo no había ido
Nous savons que c'est vrai
Sabemos que es verdad
Si elle poussait l'affaire, que deviendriez-vous ?
Si ella insistiera en el asunto, ¿qué sería de ti?
Je lui en ai donné un, ils lui en ont donné deux
Yo le di uno, ellos le dieron dos
Vous nous en avez donné trois ou plus
Nos diste tres o más
Ils sont tous revenus de sa part vers vous
Todos volvieron de él a ti
bien qu'ils aient été les miens avant
aunque antes eran míos
Si j'avais la chance d'être
Si yo o ella tuviéramos la oportunidad de serlo
Si j'étais impliqué dans cette affaire
Si yo o ella estuviéramos involucrados en este asunto
Il compte en vous pour les libérer
Él confía en ti para liberarlos
Exactement comme nous étions
Exactamente como estábamos
Mon idée, c'est que vous aviez été
Mi idea era que tú habías sido
Avant qu'elle n'ait cette crise
Antes de que ella tuviera este ataque
Un obstacle qui s'est dressé entre
Un obstáculo que se interpuso entre
Lui, et nous-mêmes, et cela

A Él, y a nosotros mismos, y a
Ne lui faites pas savoir qu'elle les aimait mieux
No le dejes saber que a ella le gustaban más
Car cela doit être à jamais un secret, caché à tous les autres
Porque esto debe ser para siempre un secreto, guardado de
todos los demás
Ce secret doit rester un secret entre vous et moi
Este secreto debe seguir siendo un secreto entre tú y yo
Le roi était très impressionné
El rey quedó muy impresionado
**« C'est la preuve la plus importante que nous ayons
entendue jusqu'à présent »**
"Esa es la prueba más importante que hemos escuchado hasta
ahora"
**— Je ne crois pas que ces vers aient un atome de sens,
objecta Alice**
—No creo que esos versos tengan un átomo de significado —
objetó Alicia—
le roi avait sa propre opinion sur la question
el rey tenía su propia opinión al respecto
**« S'il n'y a pas de sens dans ces mots, cela sauve un monde
de problèmes »**
"Si no hay significado en esas palabras, eso salva un mundo de
problemas"
**« Alors nous n'avons pas besoin d'essayer de trouver le
sens »**
"Entonces no necesitamos tratar de encontrar el significado"
« Laissons le jury délibérer sur son verdict »
"Que el jurado considere su veredicto"
« Non, non ! » dit la reine
-¡No, no! -dijo la reina-
« La condamnation d'abord, le verdict ensuite »
"Primero la sentencia y después el veredicto"
« Des bêtises et des bêtises ! » dit Alice à haute voix
-¡Tonterías y tonterías! -exclamó Alicia en voz alta-
« Comme il est stupide de condamner l'accusé en premier ! »
"¡Qué tontería es sentenciar al acusado primero!"

« Tais-toi ! » dit la reine en devenant violette
—¡Cállate la lengua! —dijo la reina, poniéndose morada—
« Je ne me tairai pas ! » dit Alice
-¡No me callaré! -exclamó Alicia-
cria la reine à tue-tête
—gritó la Reina a voz en cuello—
« Coupez-lui la tête ! »
"¡Córtale la cabeza!"
Personne n'a fait un mouvement
Nadie hizo un movimiento
« Qui se soucie de ce que vous dites ? » dit Alice
-¿A quién le importa lo que digas? -dijo Alicia-
Elle avait atteint sa taille maximale à ce moment-là
Para entonces ya había crecido hasta alcanzar su tamaño completo
« Tu n'es rien d'autre qu'un jeu de cartes ! »
"¡No eres más que un mazo de cartas!"
À ces mots, toutes les cartes se levèrent dans les airs
Al oír esto, todas las cartas se alzaron en el aire

et toutes les cartes s'abattaient sur elle
Y todas las cartas cayeron volando sobre ella
Elle poussa un petit cri
Ella dio un pequeño grito
Elle était à moitié effrayée, mais aussi en colère
Estaba medio asustada, pero también enojada
Et elle a essayé de se battre contre les cartes
Y trató de quitarse las cartas de encima
puis elle se retrouva allongée sur le talus d'herbe
Y entonces se encontró tendida en el banco de hierba
Sa tête était sur les genoux de sa sœur
Su cabeza estaba en el regazo de su hermana
Des feuilles mortes s'étaient posées sur son visage
Algunas hojas muertas habían caído en su cara
et sa sœur balayait doucement les feuilles
Y su hermana estaba cepillando suavemente las hojas
« Réveille-toi, ma chère Alice ! » dit sa sœur
-¡Despierta, querida Alicia! -dijo su hermana-
« Quel long sommeil tu as eu ! »
—¡Qué sueño tan largo has tenido!
« Oh, j'ai fait un rêve si curieux ! » dit Alice
-¡Oh, he tenido un sueño tan curioso! -exclamó Alicia-
Et elle raconta à sa sœur tout ce qu'elle pouvait se rappeler
Y le contó a su hermana todo lo que podía recordar
toutes les étranges aventures que vous venez de lire
todas las extrañas aventuras sobre las que acabas de leer
Alice se leva et s'enfuit en courant
Alicia se levantó y salió corriendo
et elle pensait, tout en courant, à son rêve
Y pensó, mientras corría, en su sueño
« Quel rêve merveilleux cela avait été ! »
—¡Qué sueño tan maravilloso había sido!